DOADORES DE SONO

KAREN RUSSELL
DOADORES DE SONO

Tradução de
Cláudia Costa Guimarães

1ª edição

EDITORA RECORD
RIO DE JANEIRO • SÃO PAULO
2016

CIP-BRASIL. CATALOGAÇÃO-NA-FONTE
SINDICATO NACIONAL DOS EDITORES DE LIVROS, RJ

R925d Russell, Karen, 1981-
   Doadores de sono / Karen Russell; tradução de Cláudia Costa Guimarães. – 1. ed. – Rio de Janeiro: Record, 2016.

   Tradução de: Sleep Donation
   ISBN 978-85-01-10522-6

   1. Ficção americana. I. Guimarães, Claudia Costa. II. Título.

15-22914
                                    CDD: 813
                                    CDU: 821.111(73)-3

Título original: Sleep Donation

Copyright © 2014 by Karen Russell

Texto revisado segundo o novo Acordo Ortográfico da Língua Portuguesa.

Todos os direitos reservados. Proibida a reprodução, no todo ou em parte, através de quaisquer meios. Os direitos morais da autora foram assegurados.

Editoração eletrônica: Abreu's System

Direitos exclusivos de publicação em língua portuguesa somente para o Brasil adquiridos pela
EDITORA RECORD LTDA.
Rua Argentina, 171 – Rio de Janeiro, RJ – 20921-380 – Tel.: (21) 2585-2000,
que se reserva a propriedade literária desta tradução.

Impresso no Brasil

ISBN 978-85-01-10522-6

Seja um leitor preferencial Record.
Cadastre-se no site www.record.com.br e receba informações
sobre nossos lançamentos e nossas promoções.

Atendimento e venda direta ao leitor:
mdireto@record.com.br ou (21) 2585-2002.

EDITORA AFILIADA

A VAN DE SONO

A SIRENE TOCA, E PREPARAMOS O ENVIO. RECENTEMENTE, NOVE em cada vinte têm sido para o mesmo endereço: Cedar Ridge Parkway, 3.300.

Então recebemos uma ligação, cancelando o chamado.

E em seguida recebemos uma terceira ligação: não, ignorem o cancelamento; mandem uma Van de Sono para a propriedade, já.

O problema, segundo um Jim claramente agitado, é: o Sr. e a Sra. Harkonnen estão tendo uma "discordância".

— O Sr. Harkonnen diz que quer pular fora.

— E daí? — pergunta o estagiário. — Nem usamos as doações dele.

— Não, imbecil. Ele está tentando pular fora com a Bebê A. Com isso, todos olham para nós.

Rudy dá um tapa na careca e não tira a mão da cabeça. Uma coloração cereja se espalha por debaixo dos dedos, como um rubor no couro cabeludo.

Jim para no meio do trailer e, ao alcance do olhar de todos, esfrega os punhos nos olhos cinzentos. É um gesto patético e inútil de testemunhar, como assistir a um animal se encolhendo dentro de uma gaiola de plástico. Dá para perceber o quanto ele está assustado com a possibilidade de perder tanto a Bebê A quanto o bom juízo que fazemos dele.

Há seis voluntários nos telefones esta noite, e estamos todos o incentivando em silêncio: *Não chore, Jim.*

Nossa Estação de Sono tem uma hierarquia atípica: temos dois supervisores, os irmãos Storch. São ex-diretores executivos que largaram os negócios no auge da Crise de Insônia e que agora doam livremente para a organização sem fins lucrativos que é o Corpo do Sono todos os seus recursos: dinheiro, tempo, intelecto, liderança, criatividade, tampas de privada. Os Storch fizeram fortuna no ramo dos assentos sanitários ergonômicos. Talvez já tenha visto os anúncios: "Cagar numa Storch é mais gostoso que uma massagem." O altruísmo extremo dos dois é um modo de instigar o restante da equipe, um incentivo para que nos empenhemos ainda mais e um lembrete de que sempre é possível ir além.

Rudy e Jim são meus supervisores há sete anos; fui a primeira recrutadora nomeada para a equipe. Não interajo com eles fora do trabalho. Nosso contato é limitado a este trailer (a não ser que se contem as participações nos eventos de captação de recursos do Corpo, bailes e campeonatos de golfe beneficentes). Mas eu conheço cada sombra do rosto dos meus chefes, cada pequeno tique de Storch deles: aquela coisa desconcertante que Rudy faz com as tampas das canetas, tudo o que Jim guarda para si nas nossas reuniões. Eles são gêmeos irlandeses de meia-idade, sempre barbeados e grandes como estivadores. Por fora, têm olhos azul-acinzentados e cabelos vermelhos como vinho que formam uma ferradura ao redor da cabeça. Já por dentro, cada irmão tem o próprio metabolismo emocional singularmente perturbado. Rudy, por exemplo, está descontando aos berros seu desespero nos estagiários, o suor formando gotas reluzentes pelo rosto como num copo de uísque no verão.

Os Storch são celebridades na comunidade da crise de sono. Há oito anos, serviram juntos no primeiro Conselho Diretor do Corpo do Sono, na matriz em Washington. Dentro de poucos meses, o Corpo havia criado postos avançados em cada uma das grandes cidades, proliferantes ramificações da base da capital. Quando tais filiais passaram a funcionar de forma mais ou menos independente, solicitando doações de dinheiro e de sono, os irmãos Storch prontamente pediram rebaixamento para um cargo de menos prestígio em sua cidade natal. Um posto que cobria um fuso horário. Servimos a um núcleo urbano cuja taxa de insônia é vinte e dois por cento mais alta que a média nacional. A cidade na Pensilvânia em que atuamos tem um dos mais altos déficits de sono REM da Costa Leste (embora, com certeza, não tenhamos sido os mais duramente atingidos: Tampa, na Flórida, é a que mais conta com novos casos de insônia; os cortes orçamentários do governador do famoso "Estado Ensolarado" do país levaram os cientistas da região a empacarem no estado "caramba"/"vai entender" da pesquisa). Centenas dos nossos antigos vizinhos, amigos, colegas de trabalho e professores são novos insones. Decretam falência de sonhos, pedem auxílio ao Corpo do Sono, esperam até serem aprovados para uma doação. São como um novo tipo de sem-teto, diz o nosso prefeito, despejados dos próprios sonhos. Acredito que ele esteja realmente preocupado com o eleitorado insone, mas, ao mesmo tempo, cobiçando os votos de uma nova massa intensamente desesperada.

No momento, o Centro Nacional de Saúde Ambiental investiga possíveis causas ambientais para o déficit de sono na nossa cidade: tudo, do estado dos lençóis freáticos e dos ninhos de águias perturbados pela ação humana à luz da lua sobre a grama ou os antigos gritos do histórico monotrilho.

Eu cresci aqui também.

Operamos a partir de um Escritório Móvel. Seis trailers acoplados uns aos outros, estacionados num terreno baldio do centro da cidade alugado pelo Corpo. "O labirinto caipira", como Rudy o chama. Um ex-engenheiro da Agência Federal de Gestão de Emergências o projetou como acomodação provisória; uma base para as equipes que trabalham nos limites da crise. Trabalhamos de dentro da nossa lata de sardinha há cinco anos; contudo, ninguém sugere que nos mudemos para um escritório tradicional; ninguém quer espiar pelas janelas de vidro de um prédio de concreto e admitir que a emergência da insônia é hoje algo permanente.

Seria de se esperar que houvesse dificuldade em se esconder num trailer, mas eu me camuflo perto do telefone, ao lado da janela. Um estagiário fez cortinas com uma renda que se prende em tudo e que não se parece em nada com uma cortina, mas com vestimentas minúsculas, obscenas: véus de noiva para camundongos, camisolas para chinchilas. O tecido tremula sob o ar-condicionado frenético do trailer. Lá fora, a lua está imensa. Seu brilho faz qualquer brancura fabricada por humanos parecer encardida, impura.

Dou as costas para ela, tiro os fones de ouvido; deixo-me mergulhar em mais um momento de vazio.

— Onde está a Trish?

— Chamem a Trish.

— Estou aqui — aviso.

— Edgewater! — grita Rudy. — Aí está você! Estamos com um problemão.

— Um contratempo — suaviza Jim.

— A mãe está cem por cento dentro. Mas o pai..

— O pai está cheio de dúvidas.

— O pai é um filho da puta egoísta.

— Trish, meu bem...

— O babaca desligou na minha cara duas vezes.

— De quem é a assinatura que consta no formulário de consentimento? Temos as duas?

Agora estão todos olhando para mim.

— Temos, sim — respondo calmamente. — Estou com a pasta bem aqui.

— A Edgewater vai cuidar disso — profetiza Rudy, com o olhar fixo em mim.

— O Sr. Harkonnen precisa que o lembrem da importância disso.

— Questão de vida ou morte.

— Eu acho que ele sabe, Jim. Eu já fiz a minha apresentação para eles.

— "Eles"?

— Ela — admito. — Para a mãe.

— Arrá!

— Mas eu tenho certeza de que ela contou a ele sobre a Dori...

— Mas não da forma que *você* conta, Edgewater.

Rudy olha para mim, um enorme sorriso estampado no rosto. É o tipo de chefe que vai dos gritos ao sorriso em apenas dois segundos, numa velocidade alucinante.

— Ele tem de ouvir isso de você. Cara a cara.

— Nem uma parede se recusaria a doar depois de uma apresentação sua.

— Trish, querida...

— Edgewater.

Orgulho arde nos meus olhos. É repreensível, mas é o que acontece.

— Pode não funcionar — digo. — Se ele estiver totalmente decidido.

Jim e Rudy pegam ainda mais pesado, enfatizando que sou indispensável para a organização, que o Corpo estaria perdido sem mim etc.

— Olhe só pra você! — Rudy sorri.

— Olhe só pra essas mãos — continua Jim, com aprovação.

Olhamos para as minhas mãos trêmulas. Eu me sinto novamente orgulhosa — o que, provavelmente, é o sentimento errado para uma série de tremores involuntários. Meu corpo sabe o que estou prestes a fazer e se recusa a cooperar, assim como o Sr. Harkonnen.

— Só você funciona realmente, Trish.

— Certo.

— Você é simplesmente a...

— Eu já disse que vou, Rudy.

Rudy é um mau recrutador. Já o vi em ação. Doadores em potencial ficam a ponto de dizer "sim", de se renderem à gravidade do apelo. Mas então Rudy exagera, transformando o pedido num jogo de coerção até que, por fim, aquela atitude os deixa desconfiados mais uma vez e os empurram na direção do "não".

— Foi assim que a gente conseguiu a Bebê A, sabe? — sussurra Jim para o estagiário, Sam Yoon, um universitário veterano que veste uma camisa social verde-menta e franze a testa enquanto deixo o trailer; sei que aquele sussurro é destinado aos meus ouvidos.

— Trish fez a apresentação para a Sra. Harkonnen numa Campanha de Sono num estacionamento. Ela a fisgou na saída do supermercado e assim conseguiu a Bebê A para nós. Você tem de ver a Trish apresentando quando puder. Vá com ela a uma Campanha. É puro apelo, pura paixão pela causa. A irmã dela era a Dori Edgewater.

— Caramba! — exclama o estagiário, reproduzindo o tom usado por Rudy.

O que me destaca como recrutadora, dizem os irmãos Storch, é o fato de que a morte da minha irmã está eternamente fresca na minha memória; um choque, um ultraje. Não preciso procurar o pulso; essa veia continua aberta e à mostra.

— E a Trish não consegue fingir.

— Chora toda vez que conta a história.

— Quase treme inteira.

— Fica emotiva, e as pessoas têm uma reação muito forte a isso.

— Ela descreve a irmã como se estivesse bem na sua frente.

— Soluça como se ainda estivesse em vigília por ela..

Jim franze o cenho, surpreso consigo mesmo.

Ele é desses que se surpreendem com o que dizem no meio de uma frase. "Soluços de epifania", é como chama esses momentos. Sempre que meu chefe fica embasbacado com a própria luz interior, eu imagino um minúsculo cervo surpreendido no pasto, com capim na boca, imobilizado pela luminosa aproximação de um caminhão.

— Espere aí, Rudy, por que diabos a gente chama assim? De "vigília"? Para uma garota morta? Que coisa horrível. É macabro demais.

— Eu mesmo já me fiz essa pergunta. Parece até piada de mau gosto.

— Ora, alguma razão deve ter, definitivamente — diz o estagiário puxa-saco. — Alguma lógica católica. Ou será coisa de judeu?

— As pessoas se emocionam! — berra Rudy. — A Edgewater é um motorzinho. Até os perfis mais resistentes doam para ela. Homens, aposentados! Banqueiros de Greenwich, operários da construção civil do oeste do Texas. A comunidade do sudeste asiático, na qual, como você bem sabe, existe uma suspeita culturalmente enraizada da Doação de Sono.

— Claro. — O estagiário faz que sim com a cabeça.

— Mas eles não têm a menor imunidade à história da Edgewater.

Hesito à porta do trailer, prendendo a respiração. Eles continuam com os argumentos e eu continuo a escutar. Preciso, desesperadamente, do que estão oferecendo. De uma doação de fé. Do *porquê* e do *como* da organização. Do nosso trabalho e do valor que ele tem.

Nos meus tempos de colégio, o caminhão da Cruz Vermelha estacionava atrás dos trailers para coletar doações de sangue dos jovens e saudáveis estudantes, que assim podiam matar a primeira aula do dia e comer um biscoito de passas em troca de um pouco de sangue tipo O. Dori doava, mas nunca segui seu exemplo — eu me convenci de que tinha medo de agulhas. Se soubesse naquela época que acabaria aqui, implorando a estranhos por uma hora do seu sono, acho que teria doado sangue em todas as oportunidades possíveis.

Como voluntária do Corpo, meus deveres são muitos e variados. Nos fins de semana, eu despacho a Van de Sono — uma tarefa noturna em que se manda uma equipe voluntária para a casa de quem tem boas noites de sono e se inscreveu para doar um pouco desse descanso. O interior da Van é espartano. Chamamos as camas de "catres catadores". Se a Van tiver acomodações para bebês e crianças, são berços e bicamas catadores. As enfermeiras aplicam a anestesia e administram o intravenoso que contém substâncias químicas especiais e deixa o doador inconsciente; em seguida, prendem e ajustam o capacete prata que, para ser sincera, irrita um pouco a pele; e, de um a dois minutos após a perda de consciência, assim que o doador entra num estado de sono artificialmente estimulado, a extração começa. O ar na Van se torna denso à medida que os tubos aquecem; as expirações repletas de sonhos do doador são extraídas por sifões conectados aos nossos tanques, e sono saudável é bombeado do corpo para tubos longos e transparentes.

Durante as noites da semana, eu recruto.

Montamos Campanhas de Sono em diversos bairros, bem ao pôr do sol. Enfermeiras esterilizam capacetes em várias Vans, preparando-se para testar doações. Administradores se acomodam dentro de barracas iluminadas em gramados, empunhando pranchetas, pré-selecionando doadores com um questionário projetado para eliminar aqueles cujo sono é propenso a pesadelos ou perturbações. À meia-noite, sob a silhueta de pinheiros, fazemos mecanicamente as perguntas para os voluntários:

— Quando teve sua última noite de sono profundo e contínuo, minha senhora?

— Quando foi a última vez que o senhor sonhou com cães latindo, com a imensidão do espaço, com grama vermelha, com uma ex-esposa? Agora seja franco, meu senhor: se uma aparição do rosto dela perturbou seu sono, marque aqui...

Durante a maior parte do século XXI, a insônia foi tratável com remédios de venda controlada. Ainda me lembro de ir com meu pai buscar os comprimidos da minha irmã no farmacêutico

narigudo. Cápsulas de Silenor — metade brancas e metade cor-
-de-rosa. A insônia de Dori para dormir começou aos 11 anos.
Na época, antes do avanço da doença, os remédios sempre
a faziam adormecer sem problemas. Eu costumava observar
atentamente o rosto da minha irmã no travesseiro, tentando
perceber o momento exato em que o Silenor fazia efeito.

Assim que, sem que se soubesse o porquê, a insônia adolescente se agravou a ponto de se transformar no transtorno
de fato, Dori passou a dormir mais ou menos quatro horas por
noite. Mas, durante anos, essas horas bastaram. O corpo pode
ser uma fortaleza de resistência, um cacto quando o assunto é
sono — capaz de sobreviver com as mínimas gotas.

Aos 20 anos, no entanto, Dori já tinha desenvolvido resistência a todos os remédios para dormir a que tinha acesso. Também
ficou, um tanto subitamente, impossível de ser anestesiada, o
que descobrimos do pior jeito quando ela quebrou a perna na
faculdade e os cirurgiões foram forçados fazer a operação com
ela completamente consciente.

O anestesista ainda escreve artigos sobre o caso.

A perna sarou, mas logo Dori perdeu a capacidade de dormir até mesmo três horas por noite. Não conseguia descansar
tempo o bastante para entrar no sono REM. Teve de abandonar
a faculdade e se mudar para um quarto de hospital. Testaram
de tudo nela: dexmedetomidina, propofol, sevoflurano, xenônio.
Caso aquela pistola tranquilizante que usam para apagar os
elefantes no zoológico não fosse capaz de parar o seu coração,
tenho certeza de que a teriam experimentado também. Ninguém
conseguia abafar ou apagar sua consciência.

Durante um ano e sete meses, Dori mal dormiu. Então, enfim,
a perda foi completa. O último dia da minha irmã se desenrolou
sem levar em conta lua ou sol. Morreu acordada depois de vinte

dias, onze horas e quatorze minutos sem dormir. Trancada dentro do próprio crânio, sem conseguir alçar voo.

Quando adolescente, eu me roía de inveja porque, enquanto fiquei com minúsculos cílios castanho-avermelhados, os longos cílios negros de Dori, majestosos como borboletas, se enroscavam tão escandalosamente ao redor das íris verde-caribe, que quem não a conhecia achava que eram postiços. Durante o seu infindável Último Dia, eu me lembro de ficar estudando aqueles cílios colados na pele numa atenção constante. Dori piscava para mim, o raciocínio lento como uma tartaruga, e desejei que ela não voltasse a sorrir, nunca mais, não daquele jeito, porque àquela altura cada sorriso era um acidente, uma contração causada por nada que eu reconhecesse como humano. Dori, minha irmã tagarela, linda e corajosa a ponto de ser estúpida. A Srta. Dirija-Essa-Coisa-Como-Se-Fosse-Roubada (até mesmo quando a única "coisa" à disposição era um Chrysler da nossa tia-avó, com painéis de madeira na lataria e que mais parecia uma casa mal-assombrada — alguém já ouviu falar num carro com cupim?), a Srta. Três-Empregos-Dois-Cursos-Universitários-e-Tem-Uma--Frasqueira-na-Minha-Bolsa havia se transformado, àquela altura, em ninguém, em algo inexistente. Num "vegetal", como dizem — a plantinha dos médicos. E eu odiava ver os músculos faciais dela forçando um sorriso sobre o travesseiro, como se Dori fosse uma abóbora de Halloween, os olhos pálidos se contraindo; odiava vê-la ficar sem palavras sob a carga acumulada de um incessante ver e pensar e ouvir e sentir, a mente desgastada com o som de cada tossida e da umidade tilintante de cada gota de chuva — todos esses sons explodindo como granadas sobre a sua percepção desprotegida. Até que teve, enfim, a mente esmagada por uma avalanche de momentos despertos. Quando o sono parou de dar sentido ao tempo de Dori, ela não conseguiu mais sair daquele buraco. Viu-se enterrada debaixo de flocos de neve, minutos se transformando em horas, horas em meses.

A causa oficial da sua morte foi falência múltipla dos órgãos. Eu sei que não parece grande coisa, no papel.

No mesmo mês em que Dori morreu, o Centro de Controle e Prevenção de Doenças (CCPD) divulgou a primeira definição de caso da nova insônia terminal. Estimativas iniciais sugeriam que centenas de pessoas sofriam de perda total do sono nos Estados Unidos; um ano depois do enterro da minha irmã, o número havia se ampliado para vinte mil. "Orexinas" foi como a mídia nos ensinou a chamá-las, de forma que, quase que imediatamente, o transtorno virou homônimo das vítimas que fazia. O hospital da Universidade George Washington abriu a primeira ala exclusiva para o tratamento intensivo da insônia, e ela lotou em poucos dias. O Congresso destinou dois bilhões de dólares para pesquisas.

Não demorou muito para os mecanismos de doação de sono serem refinados pela equipe de Gould na clínica do sono de Washington, e, assim, o Corpo do Sono deu início à sua obra.

Nos meses após a divulgação feita pelo CCPD, muitos de, sacreditaram o transtorno como sendo um exagero do estado de saúde natural aos americanos. Quem dormia o suficiente? Ninguém, ora! A "crise" parecia ser mais um fenômeno tele-visivo criado para nos manter grudados à telinha, assistindo a comerciais que vendiam colchões. O país, nesse começo de compreensão da Crise de Insônia, chamou as primeiras vítimas de mentirosos, hipocondríacos, doidos de pedra, viciados, frau-dadores de seguro, ansiosos simulando um transtorno biológico "de verdade".

Hoje, é claro, todos sabemos muito bem que a epidemia de insônia é um fato. Basta consultar os globos oculares raiados de cor-de-rosa das vítimas, os rostos magros rígidos por trás de janelas banhadas pelo luar. Desde então, neurocientistas concluíram que, para uma parcela significativa da população do país, a função sinalizadora do neuropeptídeo orexina se deteriorou. A deficiência foi associada à narcolepsia em seres humanos, mas esta disfunção causa o efeito oposto: um estado insustentável de hiperexcitação. O sono se torna impossível. Gente como Dori permanece consciente durante meses ou mesmo anos, refém da química cerebral, presa em um estado de vigília que acaba por matá-la.

O que causa a disfunção em alguns cérebros e não em outros? Será que essas pessoas têm alguma predisposição genética a permanecerem acordadas? Uma consciência mais intensa? Ou será a disfunção provocada por condições do ambiente da pessoa? Ninguém sabe. Essa é a pergunta de dois bilhões de dólares. Até o momento, todos os casos conhecidos de distúrbio de orexina ocorreram no continente americano, e ninguém sabe tampouco por que é assim. Alguns especulam que a doença esteja ligada às marés, aos campos magnéticos, aos polos, aos hemisférios, ao jogo de luz e sombra que se projeta sobre o globo terrestre.

Outros especialistas prometem, com bizarra satisfação, que estamos assistindo "ao fim do sono como o conhecemos". A televisão se transformou num sombrio Salão de Profetas: o Dr. Daveesha Frank, do Grupo de Pesquisas de Sono de Boston, que fala como um robô programado para se autodestruir; severos professores universitários de gravatas amarelo-girassol que saem bem na câmera. Segundo esses videntes profissionais, o sono foi afugentado do planeta pelos ciclos de noticiários de vinte e quatro horas; pela poluição dos céus, das plantações e das vias navegáveis; pelos olhos artificiais que são as telas dos nossos aparelhos. Nós, americanos, estamos sentados numa cadeira elétrica construída por nós mesmos. No que se transformaram os nossos ritmos circadianos, as "antigas e alegres harmonias" que corriam por cada um de nós como o avanço vascular da água por folhas de grama? Má notícia, Walt Whitman: essa canção chegou ao fim. E o que dizer do relógio biológico, do núcleo supraquiasmático, prêmio hereditário de todo ser humano, o minúsculo conjunto de neurônios que existe dentro do hipotálamo para regular o nosso apetite pelas luzes fortes do inverno e pela escuridão do espaço — o relógio-mestre que nos liga, uns aos outros, à rotação da Terra, ao Sol e à Lua? A todos os reinos biológicos que dependem do circuito de vinte e quatro horas? A bactérias, monstros-de-gila, sequoias; a baleias-azuis, laranjais, filhotes de urso, mustangues, cogumelos venenosos, leopardos, águias-reais, jacintos, hipopótamos e àquelas minúsculas feiticeiras, às borboletas, aos artistas da natureza, aos aracnídeos, e a todo ser vivente que habita o fundo do mar; aos ouriços-do-mar que ainda se mantêm, por mais improvável que seja, vivendo e operando no mesmo ritmo que nós? Má notícia, pessoal: o relógio parou para a humanidade. O tempo logo será ele próprio anacrônico e, da forma que a nossa espécie o viveu neste planeta, deixará de existir. Terá fim a dualidade entre luz e trevas. Terá fim o dia vermelho ativo, a noite azul que se dissolve. A luz do sol já não é mais o catalisador da consciência, o que nos permite formar nossas personalidades, organizar nossas identidades sobre o travesseiro a cada manhã. Esses cientistas da televisão preveem "uma desertificação global de sonhos". Logo, prometem, o distúrbio afetará todos nós. O sono entrará em extinção. E, por fim, a não ser que encontremos uma forma de sintetizá-lo, teremos o mesmo destino.

Em geral, desconfio desses gorjeadores que cantam o *crescendo* do terror. Mas me envergonha relatar que o Corpo do

Sono tomou emprestada uma das suas técnicas: a "manipulação apocalíptica". Nas Campanhas do Sono montadas no Alabama, na Geórgia e na Flórida, fizemos exibições-teste de um documentário criado por esses famintos por audiência, a pior laia dos senhores do medo nos noticiários das emissoras a cabo: *Estará o sono em extinção?* Sinto dizer que tem sido eficaz. Exibimos isso à noite, como um filme de terror. O pavor, nós descobrimos, é um poderoso estimulante de doações.

Enquanto isso, as clínicas de sono do país vêm operando a uma capacidade de duzentos por cento. "Mundos da Noite" brotaram por todo o país, remetendo aos círculos formados pelos comboios de carroças do Velho Oeste: insones se juntando para enfrentar a noite. As aglomerações se formam de maneira espontânea nas periferias, mas acabam desenvolvendo um padrão de formato peculiar: labirintos de barracas e bares noturnos. Comerciantes fornecem remédios clandestinos àqueles que não conseguem dormir, como "abajures" para diminuir o cansaço causado pela vigília contínua e "remédios das cavernas", derivados das murtas e dos liquens de antigamente. Aves canoras da Alemanha e da Tailândia são vendidas como "curas biológicas" — corre a lenda de que seu piado binário reprograma sonhos dentro da mente. Alguns Mundos da Noite funcionam como acampamentos semilegais para os insones sem-teto e "inempregáveis", sendo tolerados pelas autoridades locais porque dão vazão ao excesso de pacientes dos hospitais, dos quais, todas as noites, muitos novos insones têm sido mandados para casa. Para seus lares, onde se debatem no exílio de seus colchões, retalhando os próprios olhos nas lâminas da lua até que um doador seja encontrado. Ficam à espera da nossa ligação. E, até serem compatíveis com um doador de sono, nada pode ser feito por eles.

Nas Campanhas de Sono também exibimos a filmagem, hoje infame, de um dos primeiros casos de insônia terminal: uma jovem guianense dos arredores de Houston. Depois de cinco semanas de perda de sono quase total, suas tranças ficaram completamente brancas. Os cabelos parecem cobertos de gelo e têm um aspecto quase cômico, como se fossem uma peruca com os fios arrepiados de susto; o rosto é liso como o de uma criança. Ela se apresentou na clínica Gould em Washington depois de quatorze dias e quatorze noites sem conseguir entrar no ciclo do sono. Na filmagem, usa um suéter cor-de-rosa felpudo e balbucia de maneira incoerente, numa cadência cantada e ritmada. Os olhos estão esbugalhados de tal forma que não dá para ver as pálpebras.

Nada de novo, talvez você conclua, com toda a razão, nessa exibição pública de moléstias. Tal ensaio de morte é contínuo em qualquer ponto de ônibus dos Estados Unidos, onde pessoas doentes nos imploram não por minutos de sono, mas por flocos metálicos de dólar, migalhas de riqueza. Muito antes da insônia, o centro da nossa cidade já era uma confusão de asilos na calçada. Imobilizados, os indigentes formam um matagal humano atrás do tribunal de justiça, murmurando por lábios semicerrados, estendendo as palmas das mãos marrons e cor-de-rosa como frondes planas, tremendo de necessidade. Ou seja: psicose pública já nos é bastante familiar.

O que torna a filmagem angustiante é a sua justaposição com a fotografia da mesma guianense tirada meros cinco meses antes, quando o distúrbio de orexina ainda não havia começado: os olhos castanho-esverdeados eram brilhantes e tranquilos, habitados por uma mulher sã e conectada às próprias lembranças; presumivelmente, os olhos enxergavam apenas o que era visível a quem mais estivesse presente; seu rosto era feliz e rechonchudo, regado por boas noites de sono.

A jovem guianense nunca mais chegou a dormir. Sem que os médicos soubessem, à época da filmagem, ela já havia entrado em seu UD, o derradeiro intervalo de vigília que precede a morte. "UD", "Último Dia", era uma sigla nova naquele tempo, produzida e misturada à nossa língua pela crise de sono; hoje em dia, é um jargão médico universal. Crianças de 6 anos usam "UD-ista" para se insultarem. As escolas instruem os alunos a tratarem os orexinas como seres humanos "normais" (instrução esta que traz a sua própria contradição, não é mesmo?). O vídeo tem, hoje, nove anos, mas a jovem guianense estará eternamente presente nas exibições para os doadores. Doze dias depois da filmagem, ela morreu. Seu verdadeiro nome foi, então, divulgado para o público, como um gênio libertado da lâmpada: Carolina Belle Duncan, de 19 anos. Ela hoje é uma celebridade do CCPD: a primeira morte registrada causada por deficiência de orexina. Dori foi a morte inaugural da Costa Leste, a décima quarta registrada no país.

Um neurologista da Johns Hopkins afirmou que meras *duas horas* de sono teriam impedido a parada cardíaca e consequente morte de Carolina. Uma quantidade entre nove e treze horas teria dado fim às alucinações e a reintegrado ao mundo dos despertos com sinais vitais estáveis. Uma noite de sono teria salvado a sua vida. Ele comparou a levar um tanque de oxigênio a um mergulhador perdido.

Entre nove e treze horas — essa quantidade passou a me assombrar.

Ao que parece, passou a assombrar todo mundo.

Quanto tempo uma pessoa consegue viver sem dormir? O recorde foi estabelecido no ano passado quando uma mulher de Devil's Creek, Nebraska, caiu dura após vinte e um dias de insônia: quinhentos e quatro horas sem um único minuto de sono. Com olheiras escuras como a máscara de um guaxinim e a metade do peso original, o corpo rejeitou todas as transfusões. Era uma mulher branca, mas o rosto ficou escuro e manchado. No entanto, este é um dado enganoso: vinte e um dias. Meses antes de sua morte, a mulher de Devil's Creek havia relatado a completa ausência de sono. Muitos insones que afirmam não fechar os olhos há anos estão, na verdade, mesmo sem saber, mentindo. Pacientes juram estar acordados, mas os eletroencefalogramas mostram que há regiões do cérebro desligadas — redes neurais que apagam e acendem outra vez, numa espécie de escalonamento cortical. São "microssonos"; apagões contínuos. Algumas áreas desligam por vários minutos, e, ainda assim, o insone afirma estar completamente desperto. Na realidade, o cérebro se medica com minúsculas gotas de inconsciência. Achamos que o microssono seja responsável pela surpreendente longevidade de alguns orexinas; alguns UD-istas, como Dori, conseguem sobreviver semanas antes de morrerem de parada cardíaca, derrame, falência múltipla dos órgãos.

Depois que entrei para o Corpo do Sono, fiquei obcecada por estatísticas. Como leitura antes de dormir, às vezes uso os nossos folhetos: fico fazendo contas sonolentas sob o abajur de cúpula azul, até que os números me façam concluir temporariamente que eu mereço uma noite de sono.

"18 insones dormirão esta noite graças à sua doação."

"Menos de 1% dos doadores tem qualquer tipo de reação adversa."

"Desde a sua fundação, esta filial do Corpo do Sono já ajudou mais de 3 mil insones."

"Atualmente, há quase 250 mil pessoas nas nossas listas de espera, em todo o país. A prioridade sempre são os casos mais urgentes."

E a minha favorita:

"34% dos insones recuperarão a capacidade natural de dormir após UMA ÚNICA TRANSFUSÃO."

O nosso trabalho realmente salva vidas, e ninguém pode negar esse fato extraordinário. Durante os primeiros experimentos do procedimento de doação de sono, a equipe da Gould fez uma descoberta extraordinária: para aproximadamente um terço dos pacientes, é possível uma completa recuperação do distúrbio de orexina após uma única transfusão de dez horas.

Os médicos ainda não conseguem explicar por que alguns pacientes continuam a sofrer da doença, requerendo numerosas transfusões, enquanto outros têm o cérebro "reconfigurado", curado logo de primeira. O funcionamento da desordem é desconhecido, mas alguns especialistas sugerem que, assim como a terapia eletroconvulsiva, uma transfusão de sono produz mudanças profundas na química cerebral de quem a recebe. Existem casos em que uma única sessão resulta em clientes *chocantemente* satisfeitos, diz o Dr. Gary Peebles, diretor do Banco Nacional de Sono (e será que alguém poderia providenciar uma transfusão de piadas realmente engraçadas para o Dr. Peebles?). Nesses casos, a aplicação de uma forte corrente elétrica pelo cérebro do paciente reverte todos os sintomas de catatonia e depressão, rompe ciclos de mania e alivia muitos outros distúrbios médicos presentes no Manual de Diagnósticos e Estatístico de Transtornos Mentais. Os nossos pesquisadores, diz o Dr. Peebles, estão se empenhando em descobrir *por que*, exatamente, a transferência do sono para um corpo permanentemente acordado pode produzir — e de fato produz — uma recuperação completa em determinados pacientes... e apenas um alívio temporário em outros.

Até hoje, todos os ex-insones que recuperaram a capacidade de dormir pós-transfusão continuam completamente reabilitados. Não temos registro de recaídas. Esses pacientes já não dependem do sono de desconhecidos; pós-transfusão, são capazes de atingir o sono REM nos quartos das próprias casas. Cores criadas por eles mesmos, extravagantes e únicas, voltam a inundar suas mentes, tramas se desvelam, rostos e animais imaginários borbulham e desaparecem: eles sonham. E nos parte o coração, é claro, quando isso não acontece. Tememos, hoje em dia, que algumas pessoas talvez precisem de transfusões de sono semanais pelo resto da vida: um recurso para que tenham boas noites de sono.

O Corpo do Sono se empenha em proporcionar sono para todo insone "enquanto persistir a necessidade". Essa é a nossa missão. De onde vai sair tanto sono?, você se pergunta. Nós também. Do ponto de vista fiscal, a promessa levaria qualquer um à falência. Do ponto de vista matemático, dizem, é uma mentira inevitável. Daqui a cinco anos, é possível que o compromisso monumental feito pelo Corpo a esses insones seja abandonado, como um templo perdido na floresta. Gente inteligente no próprio conselho consultivo chama o nosso compromisso de "sonho impossível", tão perigoso quanto qualquer coisa que testamos na usina de processamento do sono de Elmhurst, em Nova Jersey. No entanto, continuamos a fazer essa promessa para os nossos incuráveis.

Nas noites em que o sono me elude, eu consulto os meus "zeros"; as minhas próprias estatísticas de recrutamento.

E quando nem isso funciona?

Nas piores noites, quando meus olhos ardem e a alvorada e iminente, eu desisto dos fatos e me rendo à fantasia. Fecho os olhos e finjo que Dori está recebendo uma dessas transfusões. Elas não existiam, é claro, quando minha irmã precisou, quando ainda estava viva — o que, na verdade, não foi há tanto tempo assim. Não mesmo. Mas, na minha fantasia, o sol nasce e ela está em casa. Há canções no ar, indícios de pássaros invisíveis. Dori está de volta ao mundo. Seus olhos se abrem sobre o travesseiro, verdes como as copas das árvores e completamente límpidos, esvaziados de todos os pesadelos. Agora, nenhum ninho de minhocas, nenhum pó de terra de cemitério a perturba. Seu despertar é um renascimento instantâneo. Os cabelos se embaraçam sobre a fronha, memórias felizes se desvelam pela sua mente, e o amanhã se estende sob seus pés, uma rede de luz amarela e de sombras azuis que vai da cama até a porta.

E, então?

Sabe, escrito assim, parece um pouco *Frankenstein*.

Com as faces rosadas, ressuscitada, minha irmã deixa o quarto. Cachos se derramam pelas costas do pijama. Ela tem a idade que teria hoje: 29 anos.

BEBÊ A

No último mês de julho, a Suprema Corte decidiu que bebês poderiam ser doadores com o consentimento dos pais. Para nós, bebês são profundos e ricos poços de sono, que produzem com toda a serenidade um sono puro e revigorante, sem nenhum terror adulto que o corrompa. Desde que a decisão entrou em vigor, nós, voluntários do Corpo, temos tentado obter a inscrição de famílias inteiras com zelo renovado. Extraímos o sono dos pais, frequentemente inútil (um fato que não divulgamos, é claro), só para conseguir a doação do bebê. "Me drenem primeiro", imploram as mães, tão exaustas que sem saber contaminam as próprias doações com cortisona. Não discutimos isso com as mulheres — a poluição de seu sono, a futilidade de seu gesto. Fazemos a extração nos pais porque a experiência os tranquiliza. O que as enfermeiras de fato extraem é o medo do desconhecido. As mães acordam revigoradas, sem nenhuma lembrança da captação e repletas de boa vontade.

Então, inscrevemos os filhos no nosso programa de doação.

Há quatro meses, fiz a minha apresentação para a Sra. Harkonnen durante uma Campanha que realizamos do lado de fora do supermercado Piggly Wiggly. Vi um rostinho rosado espiando de dentro de um bonito sling e me apresentei à mãe, que se mostrou um alvo para o Corpo do Sono: a Sra. Harkonnen chorou copiosamente ao ouvir a história da morte de Dori enquanto a criança testemunhava a conversa com a tranquilidade sobrenatural dos bebês, de olhos fixos e inexpressivos. O marido estava com ela? Não? Será que eu poderia combinar um encontro com ele para colher a assinatura? Para despacharmos uma Van de Sono, precisamos da assinatura de ambos.

Uma semana depois, fiz uma visita ao número 3.300 da Cedar Ridge Parkway para apanhar os formulários de autorização. A Sra. Harkonnen me recebeu na varanda com um sorriso tímido, as mãos abertas à frente do corpo como estrelas-do-mar, o esmalte ainda úmido. Lembrava-se do meu nome.

— Trish! Venha, entre.

Ela havia passado um batom vermelho e preparara para mim um bule de café descafeinado. No andar de cima, a bebê chorava; ambas sorrimos automaticamente ao ouvir o barulho.

— Meu marido está com ela. Ele assinou os seus documentos. — Empurrou os formulários na minha direção; percebi que a tinta da assinatura de Felix Harkonnen ainda estava fresca. — Felix está um pouco preocupado com o procedimento. É a nossa primeira filha, sabe, e ele é um pai superprotetor.

O tom de desculpa em sua voz mexeu um pouco comigo; é possível que aquele tenha sido o primeiro indício de que a Sra. Harkonnen era um tipo muito especial de doador. Eu nunca havia conhecido uma mãe como aquela, para a qual a doação do sono de uma filha era tão natural. Por que supunha que a relutância do marido precisava de explicação?

— Mas contei ao Felix sobre todas essas pobres pessoas que estão na lista de espera. Por que essa doação de sono é tão importante para elas. Como foi mesmo que você chamou? "Soro de vida"?

Então ela fez uma pausa, olhando para mim fixa e atentamente, e percebi que estivera enganada em achar que aquela mulher fosse, de alguma forma, ingênua. Havia uma sagacidade que pulsava por trás daquela postura generosa, uma perspicácia que me impressionava ao mesmo tempo que me assustava e que eu não conseguia compreender. A força do foco da Sra. Harkonnen fez o meu corpo inteiro formigar, como se espinhos invisíveis se eriçassem por baixo da minha pele. Aquilo me surpreendeu. Nos últimos oito meses, eu sentia o cérebro e os nervos inertes quando não estava recrutando. Nos intervalos entre cada Campanha de Sono, eu andava por aí aos tropeços, atordoada; eram períodos irregulares de vazio que eu vivera, anteriormente, como uma unidade, como "um dia".

— A sua irmã. Eu não consigo parar de pensar nela.

— Ah, é?

Ergui os olhos e observei a lâmpada que ficava acima da mesa da cozinha dos Harkonnen. É possível explorar a gravidade em situações como aquela. Meus olhos ficaram marejados, e uma luz verde e turva se contraiu dentro da lâmpada branca. Eu não chorei. Assim que a cozinha voltou a ficar fosca, consegui olhar outra vez nos olhos da Sra. Harkonnen.

— Bem, obrigada. Muito obrigada por pensar nela. Minha irmã estaria aqui hoje se tivéssemos tido a tecnologia da Gould...

Então minha voz ficou embargada, e tive de me esforçar para o sorriso não se transformar numa coisa torta e voraz; subitamente, tive a sensação de que meus olhos ficavam do tamanho de um pires, grandes demais para o meu rosto. Normalmente só ressuscito Dori para as apresentações. É quando eu a sinto. Mas, naquela noite, tive certeza da presença da minha irmã na cozinha daquela desconhecida. Ou quase certeza. Eu quis desesperadamente ver você, Dori, ver como existia para a Sra.

Harkonnen. Normalmente, meus recrutados recebem a história do dia da morte dela com um misto de solidariedade e horror; muitos doam sono como uma espécie de oferenda apavorada, como forma de isolar a própria vida saudável do destino que ela teve; se Dori "surtir efeito", eles reagem com uma doação. Mas a única coisa que a maioria das pessoas sabe, de fato, sobre a vida da minha irmã é como ela morreu.

Meu sorriso voltou ao normal em resposta ao da Sra. Harkonnen, que se oferecia para requentar o meu café preto com creme e açúcar — ela era a inquisidora mais gentil e doce que eu já tinha visto. De alguma maneira, intuía tudo o que eu não conseguia dizer sobre a minha irmã e só fazia perguntas para as quais eu tinha respostas palpáveis; quando me dei conta, já lhe contava casos da nossa infância na Pensilvânia, lembranças sombriamente vívidas de Dori que eu jamais havia compartilhado antes com um doador.

Durante todo esse tempo, a criança berrava. De início, fiquei impressionada com o volume do choro. Assim que a Sra. Harkonnen me colocou para falar de Dori, no entanto, deixei de notá-lo até me dar conta de que eu estava gritando para ser ouvida. Então aquele jorro de som cessou. O silêncio da bebê foi no mínimo tão ruidoso quanto os gritos. Juntas, demos as costas para os formulários. Lá estava o Sr. Harkonnen: de pé, no topo da escada, segurando a criança.

— Mudei de ideia — anunciou ele.

Eu me levantei, assim como a Sra. Harkonnen.

— Sente-se — ordenou a mulher a mim, com uma determinação súbita. — Felix, nós nos comprometemos com essas pessoas...

Então eu fiquei completamente imóvel na cozinha daqueles dois, segurando um café gelado e já completamente esquecido.

Descobri que recrutar gente para uma causa costuma nos isolar em situações singulares; prende-nos, aos olhos de desconhecidos, no plano entre a aversão e desejo. No caso dos Harkonnen, eu era uma invasora.

— Espere aqui — disse a Sra. Harkonnen, os olhos ver melhos e o sorriso sem graça, como se precisasse apenas dar uma espiada em algo que estava queimando no forno. Escutei às escondidas enquanto ela, como um pica-pau, esburacava o robusto carvalho que era o Sr. Harkonnen:

— Nós temos que fazer isso. Não temos escolha. Como vamos viver em paz com nós mesmos se não fizermos? Eu não vou conseguir.

Enquanto discutiam nas escadas, fechei os olhos e entrelacei os dedos por cima da mesa da cozinha. Imaginei um enorme incêndio invadindo a casa, consumindo qualquer obstáculo. Era mais um desejo do que uma imagem, para ser sincera. Desejei que o fogo devorasse o caminho até um "sim".

Deixei o 3.300 da Cedar Ridge Parkway com as duas assinaturas.

Quatro noites depois, despachei uma Van de Sono para a casa dos Harkonnen.

NOSSA DOADORA UNIVERSAL

Na noite daquela primeira e bem-sucedida extração, a Bebê A tinha seis meses e uma semana. E nenhum de nós tinha a menor ideia, naquele momento, do que os técnicos estavam prestes a descobrir.

Enviamos o sono da Bebê A para Elmhurst, Nova Jersey, um dos nossos dez centros de processamento. Os técnicos ficaram espantados. Diversos testes confirmaram que o sono dela não continha impureza alguma: nenhum indicador de pesadelos, nenhum anticorpo de sonho. Não havia a menor necessidade daquele material ser peneirado, purificado e reconstituído.

A Bebê A, pelo que parece, é uma doadora universal. Nenhum corpo rejeita uma transfusão do seu sono.

A descoberta vem sendo chamada pelo Dr. Gary Peebles de "um benefício para toda a humanidade". É a nossa mina de ouro de sonhos. Bancos de todo o país pedem uma amostra do sono dela, e técnicos trabalham, freneticamente, para sintetizá-lo — o "sono artificial" tem sido o objetivo dos pesquisadores de medicina desde o surgimento dos bancos de sono.

Esta noite vai marcar a décima sexta extração da Bebê A. Foram dezesseis em quatro meses! Isso é praticamente metade de sua vida.

Em dezembro, captamos doze horas da bebê.

Em janeiro, aumentamos a quantidade para trinta e seis.

Em fevereiro, começamos a extrair o máximo para o seu peso.

Agora, em março, a Van tem estacionado na quadra dos Harkonnen toda semana.

Quando tivemos um pico no número de insones da nossa lista de espera, fomos capazes de misturar e redistribuir o sono da criança para quarenta e oito corpos. Foi noticiado em todo o país: "Bebê A salva a noite".

Atualmente, ela sustenta centenas de vidas com as suas doações de sono, e não temos previsão para o final da crise. Quem teria imaginado que uma criança de oito quilos teria tal poder? E quem pode culpar seu pai por detestar que a tenhamos descoberto?

Quando chego a Cedar Ridge Parkway, 3.300, já passa um pouco da meia-noite. Há três enfermeiras sentadas na traseira da Van. Lá fora, a noite cintila tranquilamente. Uma cesta de basquete, montada na pista de acesso à garagem dos Harkonnen, mantém seu único olho fixo no calhambeque de duas cores da família: um sedã marrom com portas de um turquesa desbotado. Imensas flores brancas crescem por toda a propriedade em locais improváveis e descuidados; uma das moitas brota e se espalha a meros trinta centímetros dos pneus traseiros do Chevy. Eu digo à enfermeira-chefe que quero entrar sozinha; tenho um desempenho melhor quando não levo acompanhantes.

— Você tem certeza, Trish? — pergunta ela, com indisfar çado alívio.

O meu arrependimento é quase imediato.

O Sr. Harkonnen está de pé no gramado.

Seus braços estão cruzados na frente do peito abaulado, e a escuridão se espalha e então se estreita ao seu redor. Por um momento gélido, confundo essas sombras borradas com uma espingarda.

— Sr. Harkonnen! — Aceno, levando as mãos aos céus, e atravesso a grama não aparada em sua direção. — Já fomos apresentados. Eu sou Trish Edgewater...

— Nem pensar.

— O gerente de Recrutamento do Corpo..

— Esta noite, não. Chega.

O luar ilumina a sua pele, a luz escorrendo pelas maçãs do rosto definidas como lágrimas. O Sr. Harkonnen está à sombra de um gigantesco álamo, e, sempre que um galho se mexe com o vento, partes dele desaparecem.

— Esta noite, temos uma crise nas nossas mãos, senhor...

— É mesmo? Adivinhe só o que eu tenho nas minhas?

Os punhos se moldam para formar um berço imaginário que ele balança furiosamente no ar.

— Eu tenho uma filha — continuou. — Ela precisa do pro prio sono. Vocês vêm aqui toda maldita semana. Por que não encontram o filho de outra pessoa para usar de vaca leiteira?

Boas maneiras são um artifício poderoso e fácil de explorar. Eu espirro. E assim ele espirra linguagem em cima de mim, um reflexo de generosidade.

— Saúde.

Abre-se uma brecha; vou me aproximando, milimetricamente, pela grama.

— Sr. Harkonnen, será que posso abusar de cinco minutos da sua noite? Peço em nome da minha irmã falecida, Dori

Edgewater... — Ele fecha a cara e eu ganho mais um segundo. É uma pista de voo muito curta, mas longa o bastante para eu fazer o meu argumento decolar.

Em velocidade recorde, entro no modo Dori.

E lá vou eu, flutuando; em algum lugar abaixo de mim, vejo um borrão que por acaso é o meu corpo, vendendo a minha irmã.

— Ah, meu Deus — sussurra ele, quando termino. — Foi *assim* que ela morreu?

Olho para o relógio. Quatro minutos se passaram. Um novo recorde.

— E está dizendo que se ela tivesse tido *mais uma hora* de sono...

— Foi o que o médico-legista disse.

As estrelas salpicadas sobre as telhas dos Harkonnen giram. Uma bile encorpada sobe do fundo da minha garganta, e fito os sapatos do Sr. Harkonnen na grama até ela voltar ao estômago. Estou verdadeiramente exausta, suada.

— Jesus.

O Sr. Harkonnen dá um passo à frente com o braço erguido, como se fizesse uma saudação; pousa-o, pesadamente, no meu ombro.

— Bem, eu fico muito triste em saber disso. Muito, muito triste mesmo. — Ele assovia.

Então as coisas ficam consideravelmente mais complexas; mais adiante no gramado, a porta da casa se escancara. O luar revela a Sra. Harkonnen saindo da escuridão, e ela se junta a nós.

— O-lá! — exclamo e, então, estremeço com a Sra. Harkonnen por causa do volume da minha voz; soa um tanto desvairada, tão tarde da noite, aquela alegria inoportuna. Eu me pergunto se, na Van, as enfermeiras por acaso conseguem escutar alguma coisa.

— Sinto muito, Justine — deixo escapar —, mas a coisa está feia.

Eu lhes dou os dados dos prontos-socorros.

Revelo a mísera quantidade de sono da qual precisamos, esta noite, para impedir uma tragédia. De fato, uma quantidade minúscula de um ser tão pequeno. Com ela, vamos fabricar uma mistura de sono e amparar centenas de sofredores que já não conseguem mais sonhar.

— A bebê está lá dentro. Felix vai pegá-la.

Com a cabeça baixa como um linebacker, ele passa pelo gramado, esbarrando em mim com o bíceps. Deixo escapar um arquejo, surpresa por gostar do contato, até mesmo da fúria latente. Não difere muito de um flerte, um gesto óbvio e deliberado como aquele.

— Obrigada — digo, dirigindo-me à mulher.

— De nada — resmunga o marido, parando outra vez no gramado como se não pudesse suportar a ideia de deixá-la ter a última palavra.

Passamos um bom tempo nessa geometria imóvel, logo além dos faróis cor de laranja da Van de Sono — instáveis como as estrelas, igualmente próximos e solitários. Então o Sr. Harkonnen se remexe de maneira que acabamos por formar um círculo, e uma estranha alegria desponta e se espalha pelo meu peito.

Dou a boa notícia para o pessoal na Van. Todos sorriem, aliviados. Agora o veículo é, mais uma vez, bem-vindo na Cedar Ridge Parkway, em vez de fazer o papel de um tubarão-branco quadradão, à espreita nas águas rasas, pronto para devorar um bebê. A enfermeira Carla leva o automóvel à pista de acesso à garagem. Duas enfermeiras começam a passar o líquido azul no capacete de extração; uma terceira liga para Jim com um enorme sorriso nos lábios. Decido dar uma volta pelo bairro dos Harkonnen; a Van está apinhado de gente, eu costumo atrapalhar e me dou conta de que não quero estar lá quando a Sra. Harkonnen entrar com a bebê.

As operações salvadoras de vidas do Corpo do Sono funcionam com a confiança e a boa vontade do público. Então, no que diz respeito a dinheiro, precisamos ter cautela. Segundo os meus chefes, estamos tentando angariar uma bolsa de estudos para a Bebê A, algum tipo de poupança em seu nome. Legalmente falando, como jura Jim Storch, é apenas questão de estarmos "bem desesperados" para encontrar uma forma de expressar a gratidão da nossa organização pelo sono dessa criança. Mas esta gratidão precisa ser expressa com diplomacia e sensibilidade.

—É delicado — confidencia Rudy.

— E *muy* ilegal — completa Jim.

Ninguém no Escritório Móvel sugeriria que o sistema de combinação entre insones e doadores seria melhor caso o controle da crise fosse submetido às leis do mercado. Nenhum de nós consegue imaginar que a solução proposta por determinadas facções, "a venda de sono", conduziria à justeza de tratamento. Não que o Corpo do Sono promova combinações perfeitas. Nosso grande número de ligações pode sugerir que atiramos para todos os lados na busca de novos doadores, e a nossa dependência de desconhecidos para reabastecer nossas fontes de sono é total; os bancos vivem implorando por mais. Os computadores dos hospitais não são oniscientes, de forma que pessoas morrem todas as noites nas listas de espera. Mas nosso objetivo, pelo menos, é simples, fixo e extremamente claro: fornecer sono puro e profundo aos insones. Tenho orgulho de dizer que, nos sete anos de existência, o Corpo do Sono jamais rejeitou um insone por motivos financeiros ou solicitou qualquer tipo de remuneração.

Quando registrei os Harkonnen como doadores, não tinha a menor ideia de que o sono da filha deles era um milagre. A Bebê A ainda é a única doadora universal da qual se tem notícia, apesar de já terem havido diversos casos de doações compatíveis com uma porcentagem impressionante de insones. Há três anos, um sono de pureza incrível foi extraído de um dacota de 92 anos da cidade de Laramie. Quase imediatamente após a descoberta, o homem entrou em coma; desde então, contra a vontade de alguns dos parentes, o Corpo do Sono de Wyoming vem "minerando-o" — um termo que caiu no gosto da mídia.

— O que é engraçado — vocifera Rudy —, se você parar para pensar em toda a mineração, perfuração e *destruição* que estão, *de fato*, acontecendo no Wyoming. E aqui, por outro lado, temos um santo de carne e osso garantindo a sobrevivência de centenas de pessoas com o sono dele...

Antes de perder a consciência, o velho assinou um contrato que alegava seu desejo de ter seu sono extraído do corpo até a morte. Foi o seu último pedido. Admiro a generosidade do nosso doador e, assim, geralmente o menciono em nossas Campanhas. Ao mesmo tempo, porém, já tive pesadelos vívidos nos quais vejo seu corpo órfão preso ao maquinário da Gould por um rabo de cavalo formado por fios azuis. Amarrado ao catre, ao capacete. Os pés calçados com meias.

Desde então, centenas de vidas foram salvas graças às doações da Bebê A. Muitos outros milhares, que se encontram na lista de espera por uma transfusão, entraram em contato com gravações das ondas cerebrais dela transformadas em áudio; parte de um estudo experimental. Existem indícios de que até mesmo esse contato remoto com o sono da Bebê A possa reajustar o relógio biológico dos insones. Tudo isso está bem documentado nos nossos vídeos de campanha.

Mas eu tenho certeza de que a vida da Bebê A seria muito melhor se eu jamais a tivesse encontrado.

Os Harkonnen moram num bairro de "transição" — uma vizinhança com casas que poderíamos chamar de "caídas" ou abandonadas, dependendo da boa vontade do observador. Até mesmo a luz parece hesitar em adentrá-las. No ano passado, várias das fachadas apodrecidas foram pintadas em tons de chiclete: rosa e verde-limão — um projeto urbano malplanejado que visava dar um pouco mais de vida a essa parte da cidade. Só que não é muito mais que um verniz superficial: os carros e as motos parados do lado de fora dessas casas continuam dignos de um ferro-velho; gramados estão cobertos de várias camadas de ervas daninhas, com tons que vão do marrom sujeira ao bege amarelado, e até mesmo as árvores cheia de folhas me parecem ter galhos demais, como se buscassem distância dos telhados das casas em um gesto de liberdade silencioso e selvagem. Várias motos nas proximidades chacoalham as correias, fazendo uma barulheira sinistra mas agradável, como máquinas fofocando entre si. Estamos no começo da primavera, e o quarteirão inteiro cheira a flores. Uma vez que nos damos conta da sua presença, notamos botões de flor desabrochando por toda parte: transbordam por calhas e peitoris de janelas sem nenhum encorajamento ou apoio e ainda assim presentes, revelando-se vividamente brancas no ar noturno. É a beleza promovendo seu golpe em cada bairro suburbano, em cada favela da galáxia. *Você tem sorte de estar viva para ver isso, não é mesmo, Edgewa-*

ter? Carrego comigo vários sermões prontos, projetados para reduzir a náusea que sinto depois de falar de Dori e aplicados mentalmente a mim mesma na voz severa de Rudy.

Esta noite, sinto-me exaurida. Após sair pela minha boca, a história de Dori passa a oscilar para algum lugar fora de mim, emitindo uma espécie de bioluminescência. De vez em quando, a ausência dela toma conta de mim e eu me torno uma sonâmbula. Como agora, por exemplo, conforme dou meia-volta em direção à casa dos Harkonnen.

E lá vêm elas, outra vez, as flores brancas, espectadoras enraizadas sob a luz que se espalha de dentro da Van de Sono. Por trás das janelas, corpos se movem com vida própria e furtiva, curvando-se e erguendo-se novamente. Sem nenhum motivo aparente, apavora-me a ideia de entrar ali. Parece que, em algum doloroso ponto durante a minha volta no quarteirão, tirei o crachá e a jaqueta de recrutadora. Prefiro me manter anônima aqui, sob esses entorpecentes perfumados, essas farfalhantes flores brancas.

Consigo ouvir o choro da criança. Mais adiante, vejo outra vez o calhambeque bicolor dos Harkonnen, marrom e turquesa, a cesta de basquete puída acima. Embaixo, a Van encontra-se estacionada com as portas traseiras abertas, despejando luz amarela no gramado. Vejo pela moldura da janela a Bebê A presa ao berço catador, os pezinhos contraindo e relaxando como punhos pequeninos.

— Não, não, está vendo como a bolsa infla? Ela ainda está respirando por conta própria...

— Coloque um lacre nisso, Carmen. Coloque um lacre mais forte nisso.

* * *

Depois da extração nos Harkonnen, vamos até o outro lado da cidade para captar uma doação de Roberta Frias. Com apenas 6 anos, Roberta é uma menina muito engraçada, fala pelos cotovelos até o segundo em que o anestésico chega à concentração máxima e a deixa inconsciente. Ela não tem a pureza de uma Bebê A, mas seu sono ainda assim é extraordinário, compatível com muitos insones. O eletroencefalograma da primeira doação que recolhemos dela fascinou as enfermeiras. Foi um lindo NREM — um sono "delta", de ondas lentas, estado no qual o corpo repara tecidos, constrói ossos e músculos e fortalece o sistema imunológico.

No catre, sob a máscara transparente, seu sorriso estremece e desaparece. A mãe da menina sempre a veste com as melhores roupas para o procedimento, mesmo após a insistência das enfermeiras em que isso é desnecessário; esta noite, ela está usando um vestido amarelo cheio de babados, estampado com minúsculos camundongos cinzentos e uma faixa cor-de-rosa na cabeça. Os pais observam do canto da Van com uma mistura de nervosismo e orgulho. O Sr. Frias — um porto-riquenho graducho que faz as vezes de pastor, motorista de táxi e pai nervoso, sempre mordendo os lábios — faz um sinal de aprovação com o polegar para mim quando os nossos olhos se cruzam.

Não sei explicar a claustrofobia sem igual de uma extração de sono para quem nunca presenciou uma, a não ser a comparando à sensação de maresia no ar, pesado de umidade. Uma carga elétrica, assustadora e emocionante, permeia a atmosfera da Van; a irresistível sensação de estarmos sendo envolvidos pelas forças do destino, pressionando-nos por todos os lados, é acompanhada por uma vertigem de tirar o fôlego e arrepiar os pelos do corpo. O que provoca essa desorientação, segundo o Dr. Peebles, é a consciência fisiológica de estarmos próximos a uma ilusão envolvente — a um sonho que não é nosso, drenado do corpo prostrado de um doador. A sensação é resultado dos espectros passageiros desses sonhos a caminho de instalações onde serão testados, processados e congelados, postos para aguardar uma transfusão; as plantas baixas de infinitos mundos. Roberta, segundo os nossos monitores, está gerando e doando uma quantidade impressionante de sonhos, que deixam sua boca e serpenteiam pelos tubos, uma galáxia a cada milissegundo. As enfermeiras alegam já não sentir mais o cheiro, um aroma de argila que dá quase para sentir na boca e que me lembra dos sapos brancos que capturávamos com redes nos lagos da meia-noite e dos lírios escavados, ainda pingando.

Entre o quarto e o oitavo minuto, quando as serpentinas começam a esquentar, a fantasia da criança se espalha pelo ambiente, sem se manifestar em nenhuma das nossas consciências. Seus sonhos, enquanto isso, saem aos gorgolejos. Ao fim da extração, a máquina faz um barulhinho excepcional, uma espécie de *blergh* mecânico. Uma das enfermeiras, Louisa, que se sente muito pouco à vontade com extrações em crianças, ri histericamente e diz:

— Ui, perdão!

DOADOR Q

· ·

DOIS DIAS DEPOIS DA MINHA ÚLTIMA VISITA À CASA DOS HARKON-nen, Rudy Storch e eu estamos sozinhos no trailer, enviando Vans aonde são necessárias. Às nove e quatro, o ícone de aviso do Corpo do Sono pisca em nossas telas — segundos depois, Rudy está ao telefone com a central, em Washington. Querem todos os funcionários do Corpo presentes para uma transmissão ao vivo, uma "orientação" para alguma nova crise, marcada para ir ao ar dali a uma hora.

Estão dizendo que é o maior escândalo dos sete anos de existência do Banco de Sono.

— Ah, puta merda — xinga Rudy, grudado à tela. — Traga todo mundo para cá.

Eis o que ficamos sabendo nas horas seguintes:

No dia 23 de março, um homem que a mídia vem chamando de "Doador Q" foi até um banco de sono em San Diego e ale-gou querer fazer uma doação. Era sua primeira vez. Segundo a ficha, é um homem branco, de 42 anos, 1,70 m, 86 kg, pressão arterial de 12 por 6, sem vida sexual ativa, sem filhos. Marcou "não" em todas as caixas que poderiam desqualificá-lo. Apneia do sono: não. Sonambulismo: não. Em seguida, recebeu a lista em ordem alfabética do CCPD contendo os trezentos pesadelos contagiosos conhecidos:

Abominação, com chifres

Ambulância, sirene amarela paralisada

Aorta, rompida

Asteroide, verde

Avalanche, morte do próprio

Avalanche, morte do cônjuge

Avalanche, enterrado vivo

Formigueiro, sem rainha

Formigas, carnívoras

Sótão, fantasma da avó

Sótão, baú de brinquedos trancado a cadeado

Etc.

O Doador Q marcou enfáticos "não", bem pretos, em toda a coluna.

Faz sete anos que o CCPD vem trabalhando com cada filial local do Corpo do Sono de forma a criar e manter um banco de dados de sonhos. O Centro monitora a ocorrência de pesadelos contagiosos para detectar tendências, além de rastrear e investigar surtos de sonhos parecidos em determinadas regiões: "grupos de pesadelos". Coeficientes estatísticos, baseados em modelos de regressão logística, são usados para calcular o risco de infecção à exposição a um sonhador doente.

O Doador Q afirmou estar livre de qualquer infecção. "Como um bebê, em posição fetal", foi o que escreveu no questionário em resposta à: "Descreva a sua postura ao dormir _____." Sua caligrafia é clara, com espaços regulares; o único detalhe incomum é o fato de o Doador Q só escrever com diminutas letras maiúsculas, como se sua escrita fosse um grito contido em um sussurro. Tendo sido aprovado na pré-seleção de saúde, ele doou uma unidade de sono de doze horas — o limite legal para um homem de sua idade e peso. Nada aconteceu durante a captação que colocasse as enfermeiras em estado de alerta.

O sono foi transportado para o centro de testes e processamento de Berkeley; dois dias depois, foi enviado para bancos de sono de todo o país. É possível que o pesadelo fosse indetectável pelos modelos de testes usados. É possível, por outro lado, que fosse perfeitamente detectável e que, de alguma forma, tenha passado despercebido pelos técnicos. O que se sabe: o sono do Doador Q foi sinalizado como "saudável", centrifugado e armazenado na "Combinação de Sono G-17", uma amálgama de centenas de doações, projetada para neutralizar e diluir quaisquer impurezas residuais de doadores. "Combinações de sono" são preparadas para serem rapidamente despachadas para a maior quantidade possível de insones.

As primeiras estimativas sugeriram que algo em torno de mil a dez mil pacientes podem ter sido infectados com o pesadelo do Doador Q. Num espaço de horas após o alerta, surgem as ameaças de ações judiciais — o Corpo do Sono está sendo acusado de não avaliar e testar adequadamente doadores voluntários e seu sono.

— Aos doadores, é dado um questionário sobre o seu histórico de distúrbios noturnos — declara uma porta-voz do Corpo do Sono, Betsy Gamberri.

Alguém a colocou sobre saltos-agulha de dar vertigem e a enfiou num bolero cor-de-rosa com ombreiras de jogador de futebol americano; é como se a intenção fosse um aumento literal de seu porte perante a comunidade médica.

— A responsabilidade é dos doadores. É preciso que se relate os próprios pesadelos. Se tivesse sido respondido corretamente, o questionário o teria eliminado.

— Ou o doador não sabia que estava infectado ou mentiu — opina o Dr. Peebles.

Neste momento, a identidade do Doador Q vem sendo mantida em segredo do público — se é que é, de fato, conhecida. Tal omissão abarca as teorias mais bizarras, de boatos sobre arquivos sabotados a conspirações internas dentro do Corpo do Sono.

— Você já *foi* ao banco de San Diego, Trish? — sussurra meu colega, Jeremy, dentro da Van. — Se a pasta do cara sumiu, tenho certeza de que é só por causa de um vacilo da administração.

Jeremy faz a atualização dos dados da nossa filial; acredito que ele saiba do que está falando. Concordamos que, à sua própria maneira, é bem mais assustador pensar que um voluntário adolescente com um brilho de empolgação nos olhos, algum universitário amigável chamado Brad ou Boomer, simplesmente possa ter se esquecido de escanear uma carteira de identidade. Dá para entender por que os defensores de teorias de conspiração vêm recebendo tanta atenção: há algo de sombrio e tranquilizante em atribuir a responsabilidade a uma seita subterrânea, um plano secreto do governo ou qualquer esquema inventado para disseminar esse "sonho-praga".

E o que ocorre a seguir para o Corpo é uma catástrofe que supera nossos piores pesadelos institucionais:

O escândalo do Doador Q provoca uma seca nacional em todos os bancos de sono.

As pessoas ficam com medo de doar. Muitos decidem que o procedimento deve ser perigoso. O medo tem a ver com os aparelhos: o capacete, a máscara, o catre. Boatos assumem proporções catastróficas, tornam-se epidêmicos por si só: E *se for possível pegar um pesadelo nas Vans de Sono? E se os próprios doadores ficarem expostos à infecção?* Outros se apavoram diante da possibilidade de *se tornarem* um Doador Q. Os telejornais transmitem o germe do medo para milhões, implacáveis tanto nos noticiários diurnos quanto nos noturnos:

— Está claro que mentiram para o povo americano, enganaram o povo americano quanto aos *verdadeiros riscos* desse procedimento de doação de sono...

Eu nunca ouvi "o povo americano" ser invocado tantas vezes por hora.

E, enquanto isso, o CCPD reúne uma força-tarefa de epidemiologistas do sonho.

Na Van, passamos vinte e quatro horas por dia ao telefone, tranquilizando antigos doadores, implorando para que continuem o procedimento como de costume. O estagiário diz, brincando, que adoraria uma soneca contrabandeada, até Rudy gritar para que parasse de baboseira.

Se você já assistiu a pessoas rapidamente se desqualificando da função de júri, pode imaginar a eficiência com a qual grande parte das que recebem uma das nossas ligações se abstêm de doar. Quando digo que sou recrutadora do Corpo do Sono, logo surgem as descrições mais mirabolantes de sonhos bizarros como prova de que as pessoas do outro lado da linha não servem para doar:

— Minha senhora, eu me afogo no meu próprio sangue todas as noites. Já sonhei que tenho a sombra de um inseto. É sério, eu sou uma ameaça. Os meus sonhos são todos errados...

— Este eu tenho desde que era criança. Eu o chamo de "sonho sem fundo", sabe? Os mortos começam explorando buracos azuis. Aí, por algum motivo, eu me vejo na Lituânia, numa caverna de jade onde nascem os tornados...

— O presidente Nixon amarrado a um caminhão de bombeiros! Sonhei com isso duas vezes este mês...

Um homem recentemente enviuvado alega:

— Os fatos são muito lúgubres, mas receio não poder mudá-los para vocês. Minha mulher morreu recentemente, sabe, e ela vem aparecendo no meu sono todas as noites.

Uma russa interrompe a minha apresentação para gritar comigo de maneira bem convincente:

— Eu é que deveria pedir *a você*, você é que deveria doar *para mim*. Preciso de cada hora que tenho!

É uma crise de fé. Os doadores se recusam a ceder seu sono; beneficiários que estão há meses nas nossas listas de espera agora recusam as transfusões. De repente, como se o impossível estivesse acontecendo, temos de publicar anúncios para recrutar os insones.

Precisamos tanto de quem dorme bem quanto de quem passa as noites em claro. Para combater o desgaste em ambas as frentes, o Corpo do Sono lança uma nova campanha de relações públicas. Os comerciais mostram casais jovens impecavelmente asseados, exemplos perfeitos da higiene, erguendo os filhos sob uma imaculada lua cheia, bocejando, sorrindo e aguardando sua vez de doarem nos arredores de uma cidade qualquer. Por trás da Van, vê-se uma casa do subúrbio e uma entrada de garagem no formato de caracol. A mensagem: a Van de Sono irá até você. Então a câmera corta para um quarto amarelo de bebê. Vê-se um papel de parede estampado com um zoológico e um móbile divertido. A câmera passa sobre o berço e desce até as pálpebras lisinhas de um bebê de 3 meses. Um babador cor de lavanda com minúsculos carneiros sobe e desce junto ao tórax perfeito num ritmo constante, sonhador.

"VOLTE A DORMIR COMO UM BEBÊ: DISQUE 1-800-ACORDADO."

É como assistir a propagandas de comida para bocas famintas.

Mantemos uma linha direta local. Ao meu lado, Yoon e Jeremy despejam garantias nos fones dos headsets, frases calmantes que são como anticorpos projetados pelos cientistas do Corpo: conjuntos de fatos que visam neutralizar a propagação da dúvida e do pavor. E, ao pronunciá-las, tentamos imunizar também a nós mesmos, individual e coletivamente, contra o pânico daqueles que nos ligam.

— O contágio do Doador Q está oficialmente contido — digo em modo de repetição automática, cem vezes por noite. Quando fecho os olhos, no entanto, imagino uma minhoca microscópica fuçando por baixo da pele, dispersada pela corrente sanguínea por todo o organismo na velocidade de um foguete.

— Os necessitados simplesmente não confiam na gente — reclama Rudy.

— Não dá para acreditar — diz Jim, balançando a cabeça.

Muito lentamente, Jim lê em voz alta os nomes de insones de Último Dia que pediram para ser retirados da nossa lista de espera para transfusões.

— A Rita desistiu? A Melissa van Ness? Será que todo mundo perdeu o juízo?

Como um reflexo, ele passa o polegar no canto dos olhos. Rudy criou uma espécie de casca de sarcasmo para se proteger, mas eu me preocupo com Jim.

— Jesus. Quer dizer, tudo bem que desconfiem de nós, que nos achem diabólicos, mas que pelo menos nos deixem ajudá-los.

Não conto a nenhum dos dois que certas pessoas da equipe desconfiam *deles*, que todos nos perguntamos que possíveis motivos teriam levado os irmãos a despejarem toda a sua fortuna no Corpo.

O maior de todos os céticos é Roger Kleier, zelador do Corpo do Sono contratado para cuidar do nosso escritório. Vive aliciando os estagiários recém-chegados para compartilhar as suas suspeitas com relação aos Storch. Ele é funcionário, não voluntário, e seu salário vem da volumosa doação feita por Jim e Rudy para a nossa filial regional. Todo mês, uma quantia saída dos cofres dos irmãos abastece a conta bancária dele.

— Você só pode estar de sacanagem! Os irmãos-privada abrem mão de um negócio de milhões de dólares para trabalhar dentro de um trailer: *por quê?*

Roger é uma pessoa naturalmente desconfiada. Existem corpos que rejeitam a transfusão após o procedimento, corpos pré-programados com alta imunidade a qualquer sonho de outrem e que reagem com uma violenta reação até mesmo às transfusões de sono de bebês. E Deus sabe que, na vida desperta, também já trabalhei com muita gente que parece ser biologicamente incapaz de aceitar qualquer doação humana — quer seja de sangue, de medula, de sono, de crítica, de elogio, de dinheiro, de amor. Há certos dias em que sei que sou uma delas. A gente descobre que não é compatível com o doador. Ou, então, tem a sensação de que o ato vai roubar parte da sua liberdade. O seu corpo se rebela, talvez você nem saiba por quê. Mas, no fim das contas, a doação é rejeitada.

O zeloso desejo de Roger de conseguir um entendimento claro das intenções dos Storch, a sua curiosidade hostil com relação às suas motivações, ressona junto ao coro que recebo pelo meu headset. Durante os plantões telefônicos, eu leio o meu roteiro atualizado: "O surto ocorrido com o Doador Q foi uma anomalia"; "A doação de sono está mais segura hoje do que jamais esteve em toda a sua história".

Digo o que posso dizer, mas na verdade tudo o que eu queria dizer é:

— Tem gente deitada na cama acordada, morrendo. Elas precisam da sua ajuda.

Numa noite boa, tenho a sensação de que fiz alguma diferença. De que os doadores continuarão a reabastecer os bancos de sono; de que os riscos existentes para eles são mínimos; de que os benefícios para os insones são incalculáveis, amplos como o céu, imensos como a vida.

Numa noite ruim, aquilo pode me dar a sensação de costurar uma rede imaginária debaixo de centenas de acrobatas em monociclos. Ou de prometer às estrelas que elas jamais se apagarão, jamais cairão. O roteiro do Corpo não nos dá instruções de direção; sei que eu poderia pegar mais leve com todo o entusiasmo mórbido. Afinal, até políticos deixariam os cargos se tivessem de garantir tantas expectativas maravilhosas para seus eleitores. Nem os homens mentem dessa maneira para conseguir dormir com uma mulher.

Por baixo das solicitações audíveis, faço outro pedido, numa frequência bem abaixo dos ruídos das minhas ligações, das minhas garantias mentirosas: *Permita, por favor, que o que eu digo continue verdade; permita, por favor, que todos estejam em segurança.*

Doador Q.

Por quê, por quê?

Fico obcecada por ele.

Teria sido um caso de "premeditação"?

Aprendi o conceito com um livro que li no ensino médio, *Moby Dick*: uma baleia branca que se choca com o casco de um barco com a mais cega das fúrias, tentando matar todos que se encontram a bordo.

"Premeditação", explicou a professora, significava que a baleia podia planejar como um homem e elaborar a sua vingança.

Talvez o Doador Q quisesse um ajuste de contas com o universo. Talvez estivesse cansado de sofrer no anonimato das multidões e quisesse propagar os terrores da sua pior noite. As máquinas da Gould, dessa forma, teriam lhe proporcionado uma forma de marcar as mentes de estranhos com seu horror particular. Tal possibilidade — uma possibilidade desconfortavelmente atraente — é mencionada em todas as reportagens feitas sobre a crise. Vilões, afinal, vendem jornais. E me dou conta de que o prefiro desta forma: malévolo e consciente.

Quando tento imaginar o Doador Q, jamais chego a um rosto. O que vejo, no lugar, é uma casca, um vírus humanoide interessado exclusivamente na disseminação e na replicação da própria dor.

Você já ouviu falar daquele doador de esperma cuja única amostra de espermatozoides acabou por gerar multidões de meios-irmãos e meias-irmãs loiros de narizinho arrebitado? O nosso Doador Q inseminou milhares de sonhadores com o seu inferno particular; transmitiu o próprio pesadelo para todo tipo de gente.

Doador Q, Bebê A. Vejo-os como polos opostos num mesmo eixo. O Doador Q bombeia pesadelo; a Bebê A, um sono puro.

Descubro que desejo, ardentemente, que o Doador Q seja igualmente puro: puramente mau.

E se ele trair minhas expectativas aparecendo, tornando-se real? Nada mais que um cara de meia-idade, de suéter, portador de um pesadelo singularmente contagioso? Este quadro eu detesto: o Doador Q não ter pensado na possibilidade de ser um transmissor de tamanhas proporções. Ser um bom samaritano sincero. Ter visto um folheto e saído atrás do responsável pelas inscrições e que, numa tenda iluminada pelo luar, uma burocrata morena e muito séria tenha lhe passado o questionário; que ambos tenham acreditado na veracidade das respostas.

Em abril deste ano, Rudy e Jim me pediram para contar "A história de Dori" numa festa beneficente do Corpo chamada Bons Sonhos, o nosso maior evento anual de captação de recursos. Durante o baile, gaguejei e perdi duas vezes a linha de raciocínio. Soltei um espirro potente bem em cima de uma plateia de bilionários.

— Que nada, Edgewater! — tranquilizou Rudy. — Você ganhou a simpatia de metade do salão com aquilo. E o catarro foi um ótimo toque! Quer dizer, eu sei que não foi um "toque". Com você, nada nunca é uma performance...

No banheiro, lavei o rosto. Uma senhora alemã se aproximou, uma viúva do Deutsche Bank trajando roupas verdes, cintilantes. À sua maneira, ela me elogiou pela pureza da minha dor.

— Ainda tão triste! Depois de tantos anos e tantas vezes contando a história!

Até hoje já compartilhei Dori com milhares de pessoas: repórteres e apresentadores de *talk shows*; doadores de sono relutantes; certa vez, um rei africano fatigado, perplexo e, no entanto, receptivo, durante um almoço governamental constrangedor e interminável. Todas as vezes que a conto, tenho convulsões. Mostro a foto dela.

— É como se Edgewater fosse uma hemofílica, mas de dor em vez de sangue — explicou Rudy para a alemã, que buscava, avidamente, o talão de cheques; por um instante, nossos olhares se cruzaram por cima da ombreira com lantejoulas do vestido de festa dela. — O sofrimento nunca estanca. Nunca seca.

Será que o nosso apelo junto a essa gente de ego enorme é algo negativo? Rudy argumenta que este é um dos nossos maiores sucessos: o fato de o Corpo ser capaz de reorientar o fluxo do ego como antigos construtores de barragens, que faziam a água correr para o lado contrário para irrigar um mundo seco. Nós, do Corpo do Sono, somos engenheiros hidráulicos: redistribuímos fundos e sonhos para erradicar a sede. E não discordo, apesar de considerar esta uma forma estranha de ajudar os vivos: desenterrando de novo e de novo a minha irmã.

Tenho pensado bastante nas similaridades entre o que eu faço e o que foi feito pelo Doador Q. Graças ao meu empenho, milhões de pessoas foram infectadas pelo último suspiro de Dori. A minha função, como eu a vejo, é levar nossos doadores a sentirem o horror da morte dela. É "espalhar consciência".

— Isso não vai trazê-la de volta — disse uma vez um diretor de conselho durante outro interminável jantar beneficente em prol do Corpo do Sono, como se lavasse as próprias mãos com essa pérola de sabedoria antisséptica.

E isso, ah, Deus, me levou a engolir de uma vez um tomatinho murcho só para poder sibilar, por cima da mesa:

— Eu *sei* disso!

Ao mesmo tempo, o que eu venho fazendo senão ressemeando minha irmã morta dentro do maior número de mentes e corpos férteis possível?

DORI

De vez em quando eu acho que um bom médico poderia abrir o meu peito e encontrá-la ali: a minha irmã, congelada dentro de mim, como um rosto num medalhão.

O DOADOR Q E OS INSONES ELETIVOS

•••••••••••••••••••••••••••••••••

DEZ DIAS APÓS A DIVULGAÇÃO DO DESASTRE COM O DOADOR Q, o pronto-socorro de São Francisco interna um grupo de vinte tagarelas desvairados que se recusam a dormir. Todos os exames confirmam a presença do famoso pesadelo. Essas pessoas não foram nossos pacientes, não receberam transfusões de bancos de sono americanos; eram passageiros do voo 109, de Havana para São Francisco. Transformam-se de imediato em celebridades do pior tipo: as que ficam famosas por suas desgraças. Representam uma espécie inteiramente nova de mortos-vivos no nosso mundo noturno.

Descobrimos que faziam parte de um grupo de sessenta e um insones que foram fazer turismo médico, buscando tratamento fora do país. Há uma semana, nenhuma dessas vinte novas vítimas do contágio conseguia adormecer. Quer não estivessem dispostos ou não fossem capazes de esperar por mais uma única noite nas listas de espera do Corpo do Sono, fretaram um voo para Cuba e pagaram para receber uma transfusão de sono experimental. Passaram uma semana se recuperando em Havana, enclausurados numa sala oculta atrás do hospital Malecón, próximos a uma frondosa luz dourada e à reluzente baía cubana.

Dormindo e sonhando, digerindo a transfusão. Durante esse período, os médicos cubanos confirmaram que vinte dos vinte e dois pacientes americanos haviam recuperado a capacidade de adormecer por conta própria. Como ocorre nos melhores casos, uma única transfusão lhes possibilitou retornar ao ciclo de sono original. O voo de volta para São Francisco deveria ter sido um lindo marco para essas pessoas: estrelas cruzando as janelas do avião, os ex-insones sendo embalados no sono natural. Meia hora após o início do voo, contudo, o comissário relatou ter ouvido gritos estridentes por toda a cabine. Um passageiro de 53 anos da Carolina do Norte, que roncava no meio de uma fileira, poltrona 13B, foi o primeiro a apresentar sintomas do pesadelo do Doador Q. Logo, seis outros passageiros pareceram mergulhar no mesmo sonho. Uivos passaram a ser ouvidos a intervalos regulares, segundo relatou o comissário na coletiva de imprensa: "Todos gritavam ao mesmo tempo, mas como se estivessem girando em círculos feito uma roda-gigante."

O Corpo não ignorava a ocorrência desse tipo de turismo médico. Já havia relatos de transfusões de sono pagas sendo ofertadas em Cuba, no Vietnã e na região ocidental da Alemanha, apesar dos avisos expedidos pela nossa central a insones americanos com relação a esses "vendedores de sono clandestinos", censurando a sua falta de supervisão e regulação, a sede de lucro, as cópias baratas das máquinas da Gould. O que ninguém sabe é como os cubanos conseguiram pôr as mãos em unidades do sono contaminado em primeiro lugar.

Ondas e mais ondas de especulação embasada explodiram nas nossas televisões:

1. Unidades do sono infectado teriam atravessado o oceano por intermédio de alguma transação do mercado negro.

2. Um americano receptor de uma das transfusões do sono contaminado teria doado — ou vendido — este sono no exterior.

E a partir daí as coisas vão tomando ares histéricos, com gente alegando que o patógeno do Doador Q está sendo transmitido por via aérea. E se a contaminação só tiver sido transmitida por um espirro, ou por tosse, lançando germes na pele de alguém? E se tiver sido transmitida para todos os passageiros por meio do ar do avião?

O Corpo divulga um comunicado na imprensa: PRÍONS DE PESADELO SÃO TRANSMITIDOS *UNICAMENTE* VIA TRANSFUSÕES DE SONO. O pesadelo do Doador Q não pode ser contraído pela pele nem oralmente. Não se trata de um vírus de transmissão aérea. Tampouco pode ser transmitido por mordidas de insetos, comida, água ou contato sexual com um sonhador doente. Não há nenhum risco de transmissão para um doador.

Mas isso não impede a proliferação de teorias paranoicas relacionadas às motivações, à transmissão.

A sensação que dá é de que este momento entrará para a história. Mesmo agora dá arrepios assistir à filmagem esverdeada do voo 109 parado na pista, a porta circular dessa enfermaria sobre asas sendo aberta e liberando as vítimas do surto para descerem por uma escada de aspecto frágil. Conheço a expressão "Parece que você viu um fantasma" desde criança e nunca tive a oportunidade de usá-la, mas as pessoas que descem, pelo que mostra a tela da TV, parecem ter visto coisa pior. Vários homens idosos choram, os ombros se movendo com cada soluço, envoltos nos cobertores vermelhos do Corpo do Sono. No hospital, se recusam a passar as cabeças pelas golas do pijama azul-petróleo. Não ousam piscar. Forçam as pálpebras a permanecerem abertas com o polegar e o indicador; alguns imploram por pontos, por esparadrapo.

Os médicos os batizaram de "insones eletivos".

Começaram a sedar alguns desses pacientes à força, a pedido dos próprios, uma vez que não são capazes de dominar o medo que sentem de dormir.

O objetivo desses insones: manter-se acordados. Nunca mais entrar no sono REM.

Então ficamos sabendo que os passageiros do voo 109 não são os únicos: centenas de outras vítimas do contágio do Doador Q se recusam a dormir.

É assombrosa a rapidez com a qual a chegada delas muda tudo para nós.

As pessoas se sentem confusas com esse novo tipo de insônia: espere aí, esses vinte insones se curam por completo em Cuba, têm um sonho ruim e desistem de dormir *para sempre*? Certo, então foram infectados por um pesadelo, mas, pelo amor de Deus, o que pode ser tão assustador a ponto de a morte parecer melhor que dormir? O que será que eles veem durante a noite?

Os jornais sequer publicam descrições do pesadelo do Doador Q. Existe uma enorme preocupação de que os leitores transformem mentalmente as palavras em pesadelos próprios, causando ondas de hipocondria, de histeria em massa. Como medida de segurança, essa censura me parece desnecessária: ainda que quisessem publicá-lo, nenhum dos pacientes infectados consegue contar qualquer coisa substancial sobre o pesadelo do Doador Q, mesmo depois de tê-lo por dezenas de noites seguidas. Conforme explica uma mulher infectada numa entrevista de rádio, o pesadelo do Doador Q não se traduz numa "linguagem superficial". Sua fala foi fria e precisa, as palavras marcadas gravemente sobre o silêncio, de maneira que, quando fechei os olhos, o que vi não foi o sonho, mas flocos de neve, estes esqueletos azuis em decomposição que caem pelo espaço. O que ela conseguiu contar a respeito do sonho derreteu rapidamente, como uma aparição de um mundo completamente diferente do nosso.

Os médicos das clínicas de sono agora colaboram com equipes de psiquiatras, na esperança de conseguirem o mesmo sucesso que tiveram com veteranos portadores de Transtorno do Estresse Pós-Traumático (TEPT). A ideia é fazer os novos insones se "arriscarem" a dormir. No que diz respeito à insônia voluntária, este é o nosso melhor precedente: veteranos de guerra que têm medo de dormir, que morrem de pavor de serem reenviados, noite após noite, para o delta do rio Mekong ou para Cabul, das cenas molhadas, vermelhas, que podem voltar à tona nos sonhos enquanto eles permanecem aprisionados atrás das pálpebras.

A horrível simetria dessa inversão serve de munição abundante para os comediantes televisivos, para teólogos com papada, âncoras de noticiário com sua piedade sibilante, suas máscaras de pele e cabelo. Os índices de audiência aumentam vertiginosamente. O pânico aumenta vertiginosamente. Janelas permanecem iluminadas até a madrugada, cada casa do país emoldurada por retângulos amarelos de luz como se bairros inteiros estivessem tendo uma reação alérgica à crise do Doador Q. Até mesmo pessoas sem histórico algum de insônia ou de transfusões de sonhos ficam subitamente temerosas de se enfiar na cama.

O Banco Nacional de Sono cria uma linha direta para cidadãos preocupados.

Quem liga acusa qualquer voluntário que os atenda numa ladainha ofegante, como uma criança traída:

— Você disse que isso não podia acontecer!

Se falhamos, admite o Dr. Peebles, foi por falta de imaginação. O contágio em si foi previsto como um risco logo no início, e tomamos as precauções cabíveis. Depois que testes de laboratório iniciais da máquina da Gould mostraram que determinados príons de pesadelo podiam ser transmitidos de um corpo para o outro, todos os laboratórios do país uniram forças. Novos exames foram desenvolvidos: análises de sono, testes de antígenos. Todo minuto de sono doado neste país está sujeito à avaliação e a um rigoroso processo de purificação.

Mas esse resultado específico de um contágio de pesadelo? Uma "insônia voluntária"? Isso não havia como prever, não havia como evitar. Quem poderia ter adivinhado que o pesadelo de um único homem de San Diego — por mais assustador que seja — deixaria pacientes com *saudade* da insônia da qual sofriam?

Trata-se de uma nova doença mental, anunciam avidamente alguns psiquiatras.

Uma forma extrema de anorexia do sono.

"Iatrogênico": uma palavra que me faz ir atrás do dicionário. E lá vem mais piada sem graça: significa que as nossas transfusões salvadoras de vidas provocaram uma insônia secundária. A cura é pior que a doença.

Alguns começam a especular: *será* que isso foi planejado? Seria o Doador Q algum tipo novo de bioterrorista que fez uso da tecnologia da Gould para engendrar o ataque?

Alguns começam a acreditar que ele é o demônio em pessoa. O próprio diabo de chifres vermelhos.

Ando tão atônita que, quando atendo às ligações, não sei o que dizer. Deixo a boca despejar mecanicamente o comunicado do Corpo:

— Agora, mais do que nunca, precisamos da sua doação de sono.

Em outros locais, insones eletivos estão tomando medidas cada vez mais drásticas para evitar o sono REM. Usam grampos para manter os globos oculares abertos, uma autotortura digna de *Laranja Mecânica*. Abusam de anfetamina. Os mais desesperados não buscam tratamento em hospitais, preferindo, por sua vez, a excruciante morte por vigília permanente. Jim chama isso de "autoexclusão".

BEBÊ A

....

NOTÍCIAS DE ÚLTIMA HORA: VÁRIOS PASSAGEIROS DO VOO 109 recebem transfusões de emergência das doações da Bebê A e os médicos fazem outra descoberta. Doses concentradas do sono puro dela conseguem expulsar seus pesadelos do organismo. Boas-novas para o mundo, enfim. Assim, uma Van parte cantando pneu em direção à residência dos Harkonnen. Mais sono-panaceia é extraído da criança.

Em vinte e quatro horas, os sete passageiros infectados que recebem uma transfusão do sono da Bebê A ficam livres do pesadelo do Doador Q.

O milagre é recebido com vivas por todos em todos os lugares, com a notável exceção do pai da nossa principal doadora. Felix Harkonnen, ao receber a notícia de que as transfusões da filha conseguem erradicar o pesadelo contagioso do Doador Q, diz:

— Eles também precisam do sono dela? Todo esse pessoal novo? Meu Deus, será que não dava para vocês arranjarem outro corpo para invadir? Outro desses doadores universais? Estão realmente me dizendo que a minha filha é a única?

Nós dois a imaginamos, então: a filha de outra pessoa, com uma bola e um bastão de beisebol de brinquedo, pedalando a bicicleta amarela para a escola, dormindo como uma pedra.

— Por que não saem para descobrir "novos talentos"? — perguntou ele rispidamente. — Vasculhe os asilos para idosos. Encontre um homem de 100 anos. Não quero que o primeiro aniversário da minha filha seja em uma Van de Sono.

Mas somente o sono da Bebê A não é o suficiente para suprir toda a nova demanda. Seu corpo minúsculo só consegue produzir um determinado número de horas de sono por semana. No fim das contas, centenas de horas a menos do que precisamos nos bancos de sono.

Quando marco a visita seguinte ao 3.300 da Cedar Ridge Parkway, escolho propositalmente um horário no qual sei que Felix Harkonnen não vai estar em casa. A Sra. Harkonnen me convida para entrar. Ela traz um prato de biscoitinhos e liga a televisão, permitindo que nos aconcheguemos feito espiãs no sofá laranja e cochichemos uma para a outra, seguras de que ninguém nos ouvirá por cima do ruído da TV.

— Fale da sua irmã — pede a Sra. Harkonnen.

— Quer ouvir outra vez?

— Você aguenta contar outra vez?

— Está bem.

Tenho certeza de que a Sra. Harkonnen não tem o menor desejo de ouvir uma única palavra sequer a respeito de Dori; acho que, de certa forma, está me forçando a permutar doações. Está me pedindo uma troca.

— Vá em frente... — provoca. — Sou toda ouvidos.

Ela se reclina no sofá sobre as solas de cortiça dos chinelos, o roupão se abrindo. Vislumbro uma espiral de pequenos sinais cor de malva sobre a clavícula, o sutiã de amamentação apertando o pálido seio esquerdo.

— Esta era a minha irmã — começo, sacando a fotografia da bolsa.

De forma inconsciente ou semiconsciente, sei que estamos, as duas, criando uma ilusão de que é à minha irmã que eles ajudarão; empunho a foto dela diante dos olhos da Sra. Harkonnen, então dos meus, deixando o encantamento surtir efeito. Descrevo o sofrimento de Dori de forma tão vívida que qualquer um poderia ser perdoado por esquecer que ele já acabou, definitivamente.

— Precisamos viver como um só corpo, não é mesmo, Trish? — pergunta ela, os olhos azuis se arregalando, a centímetros do meu rosto.

A Sra. Harkonnen e eu nunca discutimos religião ou conversamos sobre o seu histórico familiar, mas suspeito de que algo a tenha abalado para fazer dela uma receptora tão perfeita da história da minha irmã. Talvez ela própria tenha perdido uma irmã. Talvez pertença a uma seita rígida que defende a doação de cada fôlego a desconhecidos.

Mas todas as minhas suposições são contrariadas por Justine Harkonnen. A física de dar e receber, como eu a compreendo, não parece se aplicar aqui. Até mesmo numa Van abarrotada de evangelizadores do Corpo do Sono, a fé que ela demonstra na justiça da doação é alarmante. Ela nos dá o que exigimos, os olhos azuis livres de qualquer receio. Todos achamos sua devoção perturbadora, eu sei, embora não haja muito espaço para expressá-lo. A enfermeira Carmen pronuncia o seu nome com uma espécie de admiração que, ao mesmo tempo, censura. A enfermeira Louisa, que tem três filhos pequenos, não olha mais nos olhos dela. Uma boa mãe, concordam, nervosas, deveria ficar *mais* irritada conosco, *mais* preocupada com a saúde da filha, *com mais e mais raiva* dos nossos pedidos recorrentes — não menos.

Fico com os Harkonnen na Van de Sono. O leite faz escurecer um círculo de sessenta milímetros ao redor do mamilo esquerdo da Sra. Harkonnen, um vazamento involuntário que ela parece ignorar por completo; por baixo da manta estampada com girafas, sono negro jorra de sua filha.

Há leis naturais que governam o fluxo de sonhos e de substâncias de um corpo para o outro, leis que determinam a passagem de eletricidade pelos tecidos, as rotas das medulas rubras e cristais de iodo e vibrações incolores. Leis que ordenam cada migração visível e invisível.

E estou certa de que deve haver um segundo conjunto de leis — inescrutável, porém real — governando com exatidão quanto um indivíduo pode dar e receber de outro. Uma espécie de hidrologia da generosidade humana. Porque existem dádivas com as quais podemos presentear uns aos outros livremente, por reflexo, sem a aflição da perda; e há dádivas das quais relutamos em abrir mão, que imploramos para receber.

O Sr. Harkonnen me puxa com força enquanto as enfermeiras ajustam o capacete prateado na Bebê A. Fechando a cara, a enfermeira Carmen dá uma leve pancadinha num tubo emborrachado.

— Vocês foram além do limite do que ela pode dar — vocifera o Sr. Harkonnen.

— Não, não fomos — digo, com tristeza.

Mostro a ele a tabela:

PESO DO PACIENTE: 8,6 kg

MÁXIMO PARA UMA CAPTAÇÃO DE SONO: Seis horas

MÁXIMO EM UM PERÍODO DE 30 DIAS: Cinquenta e quatro horas

— Bem e quanto vocês tiraram, ainda há pouco?

— Seis horas.

Os olhos dele examinam o meu rosto.

— Você tem certeza de que é seguro ela doar tudo isso?

Ora, não tenho a menor ideia. Não temos como garantir segurança a um doador; é por isso que eu coleto aquelas assinaturas.

— Hoje em dia a ciência está tão avançada! Acredite: os nossos médicos conhecem cada detalhe vital no que diz respeito à sua filha. Só tirarão o que o corpo dela pode dar, isso eu garanto.

Na metade da captação, acontece um entrave; uma luz verde pisca acima dos monitores e todos nos encolhemos, involuntariamente, até mesmo as enfermeiras. É aterrador presenciar esses bipes em neon sendo registrados pelos rostos lisos das enfermeiras — é um pouco como perceber uma comissária de bordo assustada diante de uma turbulência. Então, os ritmos regulares são retomados, escoando mais sonho do peito da Bebê A. A Van de Sono se enche com aquele cheiro estranho e untuoso, com os gorgolejos habituais da máquina.

No útero, a Bebê A foi gerada em meio a uma maré de generosidade. Glicose, oxigênio, proteínas, lipídios: todos transferidos da corrente sanguínea da mãe para a da bebê.

INTERVALO: TRANSFUSÃO DE FÉ

••••••••••••••••••••••••••••••

Você começa a ter a sensação de que é tudo um golpe.

Tenho de ir até o escritório particular dos Storch para deixar que os irmãos administrem uma nova transfusão em mim.

Quero saber: eles acham que eu devia fazer a minha solicitação de outra forma?

Sentado em sua cadeira de escritório, Jim franze as sobrancelhas para me olhar com uma expressão de confusão bem-humorada, como se tentasse encontrar a graça numa piada muito ruim. Rudy responde num tom que mais lembra um punho se cerrando:

— O furor do Doador Q está afetando a sua apresentação negativamente. É esse o problema?

Respondo que sim. Um deles.

O microssono existe; o microdespertar também. A vigília parcial do cérebro. Na discoteca da mente, partes estão sempre acendendo e apagando. Estou acordando, conto aos Storch. Quando faço uma apresentação, estou em dois lugares ao mesmo tempo — dormindo e acordada; fundida a Dori mas também observando a mim mesma de cima. Vejo-me lá embaixo, num estacionamento de shopping; cambaleio para trás como se tivesse levado um tiro. Mas agora também posso enxergar além do meu corpo, ver os rostos dos recrutados. Ouço a ameaça subliminar nos meus argumentos. As pessoas ficam brancas como lençóis, as cabeças vão balançando e meneando aos ritmos de Dori. Crianças se escondem atrás das pernas dos pais mas também me observam e sabem que, se os pais não doarem sono, se "escolherem" não doar, é possível que eles próprios morram daquela maneira trepidante, sangrenta e irremediavelmente consciente.

— E o problema é que você se sente culpada?

Faço que sim com a cabeça.

— Não se sinta. Problema resolvido.

— É essa merda toda com o Doador Q. Ela está com medo, Rudy.

— Quer saber o que seria um pesadelo de verdade para todos nós? Você parar de apresentar num momento em que precisamos de cada minuto que conseguirmos de doações de sono REM.

Agora Jim caminha de um lado para o outro, tão agitado que sequer olha na minha direção.

— A derrocada da nossa organização foi algo que você planejou, Doador Q? — brada Jim, dirigindo-se ao vazio ondulado de uma janela. — Pois conseguiu.

Quer dizer que Jim também conversa com o Doador Q? Será ele o alvo imaginário de toda a sua ira? Isso me enche da mais melancólica surpresa. Temos um fantasma em comum. Pergunto-me como ele aparece para Jim: se é um terrorista barbado, se é um louco, se é o mal encarnado. Quem quer que seja o nosso Doador Q, seu sonho gerou baixas reais: já temos trinta e dois "suicídios" associados ao pesadelo. ("Suicídios" é outro termo que vem gerando debates acalorados, já que diversos infectados pelo Doador Q parecem ter subido escadas e saltado de passarelas e telhados em estado de sonambulismo.) Ele gerou todas essas mortes; nenhuma vida.

Então, Rudy abre um sorriso e se vira para mim.

— Você já viu os seus zeros este mês? Com os agregados da Bebê A? Isso vai animá-la. Pegue aquelas porcentagens para ela, Jim...

Pior, recentemente comecei a ouvir todas essas dúvidas na voz de Dori. Ela sempre foi mais inteligente que eu, tanto na escola quanto fora dela. Se estivesse aqui, eu lhe perguntaria o que fazer. Ela já não fala com palavras, não mais, no entanto a pressão que faz dentro da minha caixa torácica se traduz muito claramente: *É assim que um presente vira chantagem.*

— Acho que tenho de encontrar outra forma de pedir doações...

— Querida — adverte Jim —, você precisa se acalmar, já.

— E não quero apavorar...

— Ah, Edgewater — diz Rudy.

A expressão de Jim se desfaz, revelando profundidade emocional por baixo da forma afetuosa com a qual desconsiderou o que eu havia dito; revela aquele sorriso de Storch que sugere que ele está do meu lado. É raiva, eu acho.

— Caramba, Trish — murmura Jim. — Nós já estamos tão fodidos.

Por trás de Jim, o vidro das janelas do trailer cintila sem nada atrás. A essa hora, todas são retângulos pretos. É angustiante olhar para fora e não ver nada.

— Detesto viver assustando as pessoas. Extorquindo-as emocionalmente até elas doarem.

— Não pense assim. Não ajuda em nada.

— É um desperdício dos seus talentos.

— As suas energias, querida, têm limite.

— Pegue esse medo todo e o jogue longe.

— Jogue-o *neles*...

— Consiga as horas, Edgewater. Tem gente morrendo.

— Você é uma das integrantes mais importantes da nossa equipe, Edgewater.

— Olhe, queremos que os doadores se sintam bem sobre a doação. Mas vamos dizer, hipoteticamente, que se sintam mal ou amedrontados. Isso muda a qualidade da doação, Edgewater? Não.

Mas não importa como se faz a pergunta? Ou se o tom do pedido chega mais perto de um punho cerrado do que de uma mão aberta? Será que a natureza do pedido corrompe a pureza da dádiva, do sono doado? Que estupidez. Como corromperia? Uma unidade de sono é uma unidade de sono, dizem os meus chefes. As pessoas têm livre-arbítrio: doam se quiserem doar, não doam se não quiserem.

Eu faço que sim com a cabeça, aliviada. O que eles dizem me envolve como uma onda, me invade. *Ah, deixa disso*, penso. *Pare de piorar as coisas.*

— Não existe causa melhor, não é?

— É só usar a cabeça.

— Você está trabalhando por uma boa causa, Trish.

— Continue a fazer um ótimo trabalho, Edgewater.

— Obrigada, gente.

É nisso que eu quero acreditar e, agora, com a ajuda deles, acredito mais uma vez.

EXCURSÃO

●●●●●●●●●●●●●●●●●●●●●●●●●●●●●●●

Quando os Storch voltam do retiro para líderes em Washington, estão quase que irreconhecivelmente entusiasmados. No trailer, exigem o nosso fervor por um zilhão de iniciativas do Corpo. Entre elas, "excursões":

49º: "Em busca de transparência, queremos mostrar aos doadores do Corpo do Sono o impacto direto das suas doações."

Locais propostos: bancos de sono regionais; centros de tratamento paliativo do sono; o hospital do centro da cidade — onde os doadores podem visitar a Ala Seis, para orexinas e a Ala Sete, para insones eletivos.

— Eu voto na Ala Sete — diz Rudy. Ele usa o verbo "votar" só para ser educado, como se todos tivéssemos igual poder de decisão. — Queremos que os Harkonnen conheçam os voluntários. Você acompanha, Edgewater.

— Temos permissão para isso? Mesmo não sendo da família?

— Sim, já está tudo combinado. Vai ser somente uma apresentação. Você mostra a lista de espera da Bebê A à Justine e ao Felix.

— Assim, sabe, eles vão ver todos os lados da história. Compreenderão exatamente o que o sono da Bebê A significa para essas pessoas. — Jim sorri abertamente para mim. — Mostre para eles. Ela é um milagre. É a maior esperança dos voluntários.

E Rudy acrescenta:

— E veja se não fode com tudo.

— Claro — respondo.

Rudy me empresta o Prius.

Os Harkonnen estão de pé no gramado quando chego.

Ninguém se senta ao meu lado.

De alguma maneira enfiei na cabeça que a Sra. Harkonnen *queria* conhecer os insones eletivos, que tinha uma curiosidade maternal sobre as pessoas que se encontram numa lista à espera do sono da filha dela. Por isso, é um choque quando a Sra. Harkonnen, com seu lindo vestido novo com babados na barra, estampado com flores azuis e cor-de-rosa, se vira para mim, no carro de Rudy, e diz:

— Talvez vocês dois tenham de segurar a minha mão.

— Ela está com medo — traduz o Sr. Harkonnen.

Quando é forçado a se dirigir a mim, hoje em dia, tudo o que diz soa abafado como o casco de um animal remexendo a relva, e seu rosto ruboriza com sangue. Faz quatro meses que nos conhecemos, eu e o Sr. Harkonnen. Ele nunca sugeriu que eu o chamasse de Felix.

— Não estou com medo, Felix. Só não quero fazer ninguém passar vergonha.

Ela solta o cinto de segurança. Ouço o clique, entro em pânico.

Ainda estamos a cinco quilômetros do hospital, aviso a Justine.

Então ela passa os braços em torno do meu apoio de cabeça, se atira para a frente e sussurra:

— Trish, acho que posso ficar um pouco emotiva.

— Emotiva?

E nos segundos e minutos seguintes, começo a me dar conta do quanto me aferrei à fantasia que criei dessa mulher. Para mim, Justine Harkonnen é sobre-humana. Assustadoramente tranquila, assustadoramente generosa, assustadoramente forte em suas convicções opacas. Olho pelo retrovisor para confirmar essa impressão. No banco de trás, o rosto de Justine me parece pálido e frágil, e seus ombros estão caídos. Sua expressão é de pavor.

Estaciono o Prius na vaga para visitantes. A Ala Sete pode até ser nova, mas o estacionamento me parece inalterado. Vejo um Honda na minha antiga vaga, à sombra de uma árvore solitária; há alguns anos, digo a Justine, era ali que eu gostava de estacionar quando vinha ver Dori.

A Ala Sete foi aberta sem cerimônia, sem fita inaugural, uma semana depois da infecção em massa do voo 109. Setenta e nove pessoas da nossa cidade receberam transfusões do sono contaminado. Dezessete delas, hoje, dormem aqui. Essas pessoas se internaram na Ala Sete porque morrem de medo de ter o pesadelo, estão assustadas demais para dormir em casa. Querem desesperadamente viver, e, assim, com o auxílio de sedativos ministrados sob supervisão médica, são enviadas de volta ao inferno do sono REM. É um ato de indescritível coragem, afirmam os médicos que trabalham com esse pessoal. Pedir por essa ajuda, aceitar os custos imensos. "Se eu acordo descansado?", ouvi um paciente dizer entre risos, com amargura, no rádio. "Você enlouqueceu? Toda noite é mais uma partida contra o pesadelo. Mas me dizem que, se eu parar de sonhar por completo, vou morrer." Dentro da Van, temos fotocópias de diversos formulários de autorização dos voluntários da Ala Sete para mostrar aos nossos doadores. Mexe muito comigo ver as suas assinaturas ali.

Na Ala Sete, há uma divisória de vidro.

— Olhem só para eles — diz a Sra. Harkonnen, suspirando.

O cômodo por trás do vidro está tão escuro que demoro um pouco para enxergar o que teria chamado sua atenção. Pequenas camas jazem em meio às sombras. Auxiliares atravessam o corredor, borrifando água nas cabeças dos pacientes como se fossem uma plantação de repolho e instalando neles os eletrodos que lhes monitorarão o sono. Esses pacientes também são objeto de pesquisa, submetendo-se todas as noites a uma polissonografia e oferecendo o seu sono contaminado para estudo.

Fitando o interior da Ala Sete, oscilamos de leve, como se estivéssemos em alto-mar.

— O meu coração está batendo forte — murmura a Sra. Harkonnen.

Assim, seu marido e eu a envolvemos como um parêntese. Cada um toma uma das suas mãos. Justine passa os olhos azuis do rosto de Felix para o meu com uma fé quase animal; é a expressão de uma criatura presa a uma coleira que presume estar sendo conduzida a um lugar por um motivo determinado. É a mesma expressão, aliás, com a qual os pacientes fitam os auxiliares.

Essa excursão foi uma péssima ideia. Não me agrada a proporção, digna de um pelotão de fuzilamento, de sonhadores magros para auxiliares robustos. Não quero ver nenhuma dessas pessoas ser posta para dormir nem ser sufocada, como se utilizassem um travesseiro, pelos sedativos dos médicos. Não tolero a ideia do sonho do Doador Q se insinuar lentamente na cabeça de cada um, aguardando a oportunidade de aparecer com toda a sua intensidade. Apesar de tudo o que sei sobre a transmissão do pesadelo e sobre a campanha "Fatos, não medos"; apesar da reverberação da minha própria voz ao repetir como um mantra aos telefones do Corpo os antídotos para o pânico; apesar daquilo no qual eu juro acreditar, em público, sobre o contágio ter sido "contido" e sobre as origens humildes, humanas, do príon do pesadelo do Doador Q... eu me sinto grata por este vidro. Aqui fora, estamos seguros. Cercados por saúde.

— Vamos ficar aqui, simplesmente olhando para eles? — pergunta o Sr. Harkonnen. — Como se fossem ursos num maldito zoológico?

— Eu acho que sim.

Creio que estamos todos aliviados por estarmos deste lado da divisória da Ala Sete.

Quando eu era criança, quando era a "dorminhoca" da família, deitava de barriga para cima na cama e o corpo formigava com um prazer desprezível em saber que minha irmã estava acordada; em ter a tão delicada certeza, leve como os pés de um passarinho, de que as minhas pálpebras logo se fechariam e minha mente partiria para longe. Batizei isso de "a sensação muito, muito ruim". Era o meu alívio, e hoje consigo identificar como a presunção infundada das pessoas saudáveis. Eu amava a minha irmã, mas com 9 anos já havia aprendido a tolher esse amor com irritação, temendo contrair eu mesma o problema de Dori.

— Srta. Edgewater! — Um indiano comprido, de uns dois metros, magro como uma pintura de El Greco, vem descendo o corredor, seu jaleco esvoaçando. — E esses devem ser os famosos genitores da Bebê A! — A Sra. Harkonnen dá um risinho nervoso. Ele se apresenta como o Dr. Glasheen, bolsista do Banco Nacional de Sono. — Muito bem, obrigado por esperarem. Tive de cadastrá-los no sistema. Aqui estão as suas pulseiras. Vamos entrar.

O Dr. Glasheen aperta um botão. A divisória de vidro começa a deslizar parede adentro.

A sensação de se visitar o inferno ao anoitecer é a seguinte: estacione o Prius do seu chefe do lado de fora desse hospital regional. Entre na Câmara de Incubação de Sono da Ala Sete, e a morna escuridão o envolve. Algumas arandelas laranja e roxas são a única iluminação. Essa escuridão é quase placentária; é como se estivéssemos dentro de uma bolsa marsupial. Sombras servem como suporte de vida. O aposento está polvilhado de inteligência; os pacientes estão acordados. Dá para sentir os olhos deles sobre nós, mesmo que não consigamos vê-los. Os auxiliares agora vão de cama em cama, inclinando-se sobre sombras amorfas que eu sei que se transformarão em gente quando os nossos olhos se acostumarem. Ministram injeções. "Anoitecem" essas pessoas; apagam-nas a pedido delas.

Esse é o mais recente jargão médico para a sedação em grupo dos eletivos, explica o Dr. Glasheen para Justine Harkonnen. Usurpando o meu posto de acompanhante, ele nos conduz à Cama Um. De braços dados, os Harkonnen o seguem enquanto fico para trás, caminhando com os pés voltados levemente para dentro para abafar os guinchos das solas dos meus sapatos.

A primeira insone voluntária à qual somos apresentados é uma mulher negra com seus 40 e tantos anos chamada Genevieve Hughes. Ao ver o Dr. Glasheen, o rosto todo se transforma. Após um segundo, consegue dar um discreto sorriso; a vontade de ser bem-educada supera o brilho de pavor em seus olhos. Mas percebo, pela reação dos outros voluntários à nossa volta, que o médico alto deve inspirar esse medo instintivo aonde quer que vá na Ala Sete. Faz sentido, dado o papel que exerce aqui: Dr. Glasheen, o Provocador do Sono, Rei das Agulhas.

Os olhos de Genevieve Hughes são como tigelas vazias que nos fazem querer enchê-los de comida. Como pode ter perdido tanto peso e tanto cabelo assim tão cedo? Em casa, conta ela, chegara a um ponto em que arrancava os cílios para ficar acordada, mesmo enquanto cada célula do corpo exigia dormir. O marido a trouxe de carro até o hospital. Implorou-lhe que se inscrevesse no programa de terapia do sono em grupo da Ala Sete. "Viva", pediu ele. (Ao ouvir isso, sinto uma pontada de... do quê? Inveja, talvez, porque essa é uma apresentação de recrutamento belamente sucinta, Sr. Hughes.) Realizando um óbvio esforço, Genevieve dirige um sorriso de gratidão ao médico, mesmo que agarre as grades da cama com as duas mãos para não se afastar ainda mais do homem. Sem a ajuda do Dr. Glasheen, diz, não toleraria enfrentar aquele sonho outra vez.

E antes do contágio? Genevieve nos conta que administra o complexo de cinemas da cidade com o marido. Todos assentimos com a cabeça, entusiasmados — todos já fomos a uma matinê de sábado no cinema dela, sonhando em conjunto com dezenas de outros frequentadores. Quando Dori e eu éramos pequenas, o cinema em questão era uma armadilha mortal infestada de ratos, mas, desde então, os Hughes reabilitaram o lobby, transformando-o num palácio árabe que serve caramelos Milk Duds.

— Ah! — exclama o Sr. Harkonnen, contente. — Eu sei onde fica! Minha mulher, antes de ser minha mulher... Eu a levei ao seu cinema, minha senhora.

E até mesmo o Dr. Glasheen racha a casca do ovo marrom que é o seu rosto para sorrir.

— Eu mesma adorava um filme de terror — conta Genevieve —, antes de a insônia começar.

Ela recebeu a transfusão contaminada em abril. Duas noites depois, o pesadelo surgiu dentro dela. O Dr. Glasheen sorri para o nada, verificando o relógio de pulso pelos cantos espremidos dos olhos. Os Harkonnen agora fitam Genevieve Hughes com expressões francas e inquietas. Enquanto descreve a sua insônia eletiva, ela não para de puxar as pálpebras inferiores para baixo com o indicador, expondo a conjuntiva (é um hábito comum entre os eletivos, sabemos por meio do médico, que apelida os pacientes, com certa afeição, de "tiradores de casca de ferida ocular"). Ela parece não perceber que está fazendo isso. Boceja, espirra.

— Saúde! — guincham os Harkonnen.

— Vocês não têm como contrair o pesadelo — gesticula com a boca, o médico para nós. É o tipo de sussurro público que infantiliza todo mundo. Genevieve baixa a vista para o cobertor.

— Sabemos disso — diz o Sr. Harkonnen com a voz ríspida de sempre.

Então o Dr. Glasheen apresenta Felix como o "pai da Bebê A".

Genevieve dá um pulo. Seu rosto queima com uma espécie de febre de esperança.

— Ah! Quando ficamos sabendo que tinham descoberto uma cura, meu marido e eu choramos! Estou na lista de espera. Dizem que ainda faltam cinco meses...

O Sr. Harkonnen deixa escapar um grunhido suave.

A Sra. Harkonnen pega retratos da Bebê A, desses tirados por fotógrafos de shopping, para lhe mostrar. Lá está a criança, em cima de um arco-íris de pelúcia, de um unicórnio de pelúcia, de um Pégaso sujo de pelúcia. Pelo visto, o fotógrafo sádico é, também, uma espécie de taxidermista de conto de fadas. A Bebê A nos olha das reluzentes fotos cinco por sete com seus implacáveis olhos azuis.

— E você é a mãe?

— Sou a mãe dela.

As mulheres se analisam. Os olhos de Justine são brancos como bolas de golfe comparados aos amarelados e fundos de

Genevieve. O brilho produzido pelas arandelas parece quase vivo, bruxuleando erraticamente pela ala. Depois de todos terem sido Anoitecidos, conforme me conta o Dr. Glasheen, até essas luzes serão apagadas.

Todos estamos sendo muito disciplinados em nos concentrar em Genevieve e não nos demais pacientes ao redor, alguns dos quais começaram a tagarelar com o Dr. Glasheen dizendo que não querem ser sedados e que, na verdade, gostariam de ter alta do hospital.

— Depois que o sol se põe — queixa-se ele —, todos agem como se *eu* fosse o Doador Q os perseguindo. Negam ter solicitado a internação. Mostro aos pacientes as assinaturas nos formulários de autorização e eles agem como se fosse uma falsificação. Chega a hora de Anoitecer e de repente ninguém mais reconhece a própria caligrafia.

E é exatamente o que acontece. O Dr. Glasheen pede licença para ajudar os auxiliares. Muitos dos insones eletivos se encolhem quando ele se aproxima. Parecem desenvolver amnésia espontânea, roubados — diante do pressentimento do pesadelo do Doador Q — do desejo anterior, ensolarado, de dormir e de viver.

Ao que parece, o Sr. Harkonnen trouxe um boné de beisebol para o caso de ficar estressado. Não para de retorcê-lo à frente da cintura, torcendo um suor imaginário da aba.

— Eu odeio o Doador Q! — explode o Sr. Harkonnen.

Acredita que eu sorrio? Pois sim, sorrio. Peguei você, Felix.

Genevieve murmura alguma coisa, a voz mais suave que tomar suco de laranja de canudinho; à nossa volta, a comoção causada pelo Anoitecer abafa qualquer outro som.

— O que disse, Sra. Hughes?

Todos nos aproximamos.

— Eu não o odeio. Eu sinto uma enorme, uma enorme pena dele, desse Doador Q. Ele teve de ver essas coisas, sozinho, por sabe-se lá quanto tempo.

Genevieve balança a cabeça com aquela atitude estranhamente complacente que os doentes, às vezes, assumem para com os saudáveis, como se ela estivesse nos perdoando, por antecipação, por algo que somos jovens demais para entender. Naquela câmara, a juventude é medida pela distância que se tem do pesadelo do Doador Q. E, então, ela se vai.

Ao redor, as pessoas vão deixando o quarto. Os corpos permanecem visíveis, mas os olhos se agitam e se fecham. Inconscientes, deitam-se sobre lençóis azuis. Muitos gritam antes de sumir. Tentam arranhar o Dr. Glasheen. E fico pensando: *Controlem-se; estamos aqui observando tudo.* E fico pensando: *Doutores, vocês estão ouvindo isso? Ajustem essa maldita dose.* E também me pego tremendo, com uma raiva completamente espontânea. Só quando o quarto inteiro fica em silêncio que diminuo a força com a qual estou agarrando o braço de Justine. O Sr. Harkonnen segura sua outra mão.

Alguns insones eletivos cerram e rangem os dentes com os olhos fechados, o que lhes dá uma expressão constipada.

Alguns adquirem uma coloração magenta, como se a pele estivesse sendo coberta por um pincel de churrasco — é a temperatura corporal mudando, diz o auxiliar, sem parecer se preocupar. O Dr. Glasheen nos explica algo sobre as diferenças fisiológicas entre o sono natural e o induzido, embora ninguém preste atenção. As mãos dele, noto enquanto indica os corpos, parecem grandes o bastante para fazer malabarismo com abóboras. Eu me pergunto com o que ele sonha quando não está de plantão. Penso se ele não gostaria de erguer os couros cabeludos dos pacientes para escavar a pavorosa imagem de dentro deles. Os Harkonnen olham para os rostos vazios deitados em travesseiros com o cenho cerrado como se fossem pais numa competição de natação tentando enxergar as crianças debaixo d'agua nadando para longe.

— Ela vai levar pelo menos noventa minutos para entrar no sono REM — diz o médico.

Os olhos azuis da Sra. Harkonnen estão marejados.

O Sr. Harkonnen diz:

— Tem de existir alguma maneira de armá-los, sabe. De mandá-los de volta para o pesadelo desse filho da puta com uma pistola, com algum tipo de proteção. Não é justo.

— Não é justo — concorda o Dr. Glasheen com uma voz suave de tão esgotada, a voz de uma pessoa cujas expectativas foram limadas pelo desgaste diário dos deveres hospitalares.

Na última cama, de alguma forma, uma mulher conseguiu dar uma de Houdini e se livrar das faixas de elástico bege que a prendiam à cama; livrou-se, também, da camisola verde. Agora está deitada, nua, por cima dos lençóis, roncando baixinho. Adormeceu de barriga para cima, os pés pálidos cruzados na altura dos tornozelos. Uma fina camada de suor brilha por todo o seu corpo, fazendo-a parecer com um pingente de gelo derretendo.

DOADOR Q

São quatro horas da madrugada após a visita à Ala Sete.
Não consigo dormir. Não pego no sono.
Minha dieta de zeros não parece mais funcionar.
Tenho mais uma coisa pela qual odiá-lo, Doador Q.

BEBÊ A

QUERO SABER O NOME DA BEBÊ A.

Esse desejo vem crescendo dentro de mim há dias, aumentando devido à crise do Doador Q, e esta noite estou enlouquecida com isso — febril, até. Os doadores de menores de idade recebem uma letra aleatória, um "alfadônimo", do nosso sistema. A maioria dos pais se descuida em algum momento, deixa escapar o nome completo do filho. Mas não os Harkonnen. "Bebê A", dizem tranquilamente, ocultando a verdadeira identidade sob esse lençol. É bem possível que a Sra. Harkonnen tenha me dito o nome da filha no nosso primeiro encontro no estacionamento do supermercado, mas não me ocorreu prestar tanta atenção na época.

Por mais louco que possa parecer, fico com a sensação de que, se soubesse o nome verdadeiro dela, eu poderia protegê-la melhor. Já ouvi desconhecidos se referirem à "Bebê A" como se ela fosse um composto inorgânico, um remédio caro para dormir. Todas as noites, as pessoas ligam para a linha direta do Corpo e me imploram para colocá-las na lista de espera da "cura da Bebê A". Qualquer um no país nos liga quando tem um sonho ruim, o que significa que os telefones nunca param de tocar. Fico rouca de tanto afugentar as suas dúvidas: Não, eu digo, o capacete é seguro, os tubos são esterilizados. Não, não há a menor chance de você contaminar o fornecimento de sono da nação da forma que ele contaminou. Prometo aos meus recrutas que a crise do Doador Q trouxe importantes mudanças nas políticas de doação, exaustivas rubricas de segurança para as Vans de Sono, caríssimos ciclos de testes em busca de príons de pesadelo. Toda essa paranoia pública, eu digo, obscurece as estatísticas: a doação de sono nunca foi tão segura.

Eu não me sinto tão segura assim, na verdade.

— Como sabemos se é realmente seguro para essas pessoas doarem? — pergunto a Jim e a Rudy.

— Não sabemos.

— Não temos como saber.

— Esse tipo de desconhecimento é inevitável, Edgewater.

— É claro que o erro é inevitável numa certa proporção de casos.

— Devemos descrever a tragédia do Doador Q como uma exceção bizarra: o que ela realmente é.

— Mas não é nada razoável esperar perfeição de qualquer instituição operada por humanos, Trish.

— E de qualquer ser humano, ponto final.

— Você sabe disso.

Ora, se sei.

— Temos de aceitar o mundo como ele é, meu anjo, não como desejamos que seja — diz Jim, com uma baforada indulgente no "desejamos" e no "seja".

Disseram que Jim fez faculdade de artes cênicas no Meio-Oeste, o que significa que ele sublinha as afirmações nas quais acredita, de fato, com umas pinceladas de maior afetação.

Mas a necessidade é quantificável, incontestável e crescente. Há pessoas se afogando em vigília, completamente acordadas. Crianças são apoiadas em travesseiros, espumando e gemendo, cantando uma música pavorosa e sem palavras. Mostramos vídeos delas nas Campanhas, gerando uma enorme produção de sono. As mães que veem aquilo se prontificam a ir até a Van mais próxima e doar cinco anos de sono ali mesmo. Alguns dos orexinas mais jovens se tornaram insones aos 2 anos; nem se lembram do que é dormir. Recebendo a deixa de algum produtor que não vemos na tela, essas crianças moribundas, ansiosas por agradar, falam para o olho negro da câmera que não se lembram de ter sonhado uma única noite na vida. Sono: o que é isso?

Essas crianças vivem num estado de terror constante, com os dias escolares trocados por um submundo infernal iluminado pelo sol do entardecer. Os bancos de sono da Virgínia, da Flórida e do Oregon estão totalmente drenados. Então, sigo com as ligações.

Um pouco depois da meia-noite, a minha voz some. O trailer do escritório é equipado com uma cama retrátil que considero o chantili das camas: projeta-se, muito branca, da parede. Eu a puxo para baixo.

— Fazendo hora extra?

Ficamos só eu e Jeremy aqui, agora. Todo mundo foi embora há horas.

Jeremy, nosso secretário vagamente otimista, usa um *black power* ruivo e dezenas de anéis pesados nos dedos, além de uns brincos exóticos nas orelhas — parece, em suma, um bruxo de calça jeans. Ele é um amor. Faz esse trabalho sem ser pago. Olha os nossos recrutas nos olhos ao lhes agradecer e empilha mantas de lã aos pés dos doadores inconscientes. Quando as enfermeiras dão início a uma extração, Jeremy se encolhe por eles. Ele próprio doa sono. Desde que a crise começou, Jeremy já doou meio ano de sua vida: 4.392 horas — sorri, orgulhoso —, o que está muito além do limite legal; Rudy ou Jim devem estar mexendo os pauzinhos para que ele possa doar tanto regularmente. Alguém precisa detê-lo, já. Se você doar além do seu patamar de recarga de sono, se ultrapassar os limites naturais do corpo, irá sofrer as mesmas consequências que afligem os nossos insones: disfunção cognitiva, exaustão fisiológica, colapso. Certas manhãs, após uma captação de nove horas, Jeremy vagueia pelo trailer como um zumbi.

Eu me dou conta de que ele está pairando no vão da porta, olhando para mim com uma expressão incomum, de cautelosa apreensão.

— Você vai dormir aqui? — pergunta ele.

— Vou.

— Quer que eu ajeite as suas cobertas?

Eu quero.

— Deixe eu escovar os dentes primeiro — resmungo.

Ele apaga as luzes.

Há anos que não tenho nada que se assemelhe a uma convivência social normal. É assim para a maioria dos meus colegas do Corpo. Brincamos que a Crise de Insônia acabou com as nossas vidas sexuais — não temos tempo de dormir por dormir com ninguém, pois estamos ocupados demais implorando por sono alheio ao telefone.

De debaixo das cobertas, escuto Jeremy, lá na porta, abrir o zíper da calça e se contorcer para despi-la. Minúsculos olhinhos se espalham pela escuridão como espíritos da floresta, vermelhos e verdes — somente os eletrônicos espalhados pelo escritório. Não existe mais escuridão total no mundo moderno, queixam-se alguns ludistas, apontando a poluição visual como origem da nova insônia. Jeremy, um vulto alto e forte, desce com todo o peso do corpo sobre a cama retrátil e as molas relincham; essa cama se mostra uma experiente ventríloqua de corpos nus. Ele mordisca o meu pescoço. Então, segue-se um beijo consultivo, salgado e apressado. As mãos de Jeremy, muito quentes, se deslocam pelas minhas roupas com uma confiança que sugere conversas passadas com alguns dos nossos colegas sobre a minha receptividade.

Uma coisa que o Corpo me ensinou foi que as minhas necessidades são bastante comuns. Eu me tornei muito mais direta em comunicá-las. Desavergonhada, eu diria, apesar de ainda ter algum vestígio de pudor feminino e prefira a palavra "sincera". E estou perfeitamente disposta a retribuir o favor na mesma moeda quando surge uma necessidade correspondente nos meus companheiros. Esse Jeremy de depois do expediente acaba demonstrando ser muito diferente do secretário quieto que traz cenourinhas para almoçar e espirra à luz do sol. Ele próprio se mostra subitamente franco com relação ao que seu corpo quer do meu. Faz parte do nosso treinamento. Passamos a maior parte do tempo pedindo doações a desconhecidos.

É claro que não há formulários de consentimento para esse tipo de transfusão. Nenhuma enfermeira para ajustar o encaixe ou monitorar o progresso.

— Haverá algum equívoco por parte da dama? — indaga Jeremy, em determinado momento, com um tato assustador de tão triste.

— Não, não, eu... Nunca fica mais molhada que isso, querido — sussurro. — Sob tais condições...

Eu deslizo o quadril para a frente sobre o colchão. Depois disso, nos viramos maravilhosamente bem, eu e essa silhueta faminta que é o meu amigo Jeremy

— Desculpe — diz ele aos suspiros mais tarde, lambendo o suor do meu pescoço. — Isso foi rápido demais.

Eu balanço a cabeça: não foi, não. Qualquer coisa mais demorada teria sido, para mim, uma exposição quase que insuportável à delícia de servir e de ser servida, tudo ao mesmo tempo. É uma transferência rara, uma na qual dois corpos podem ser doador e receptor e vice-versa. Afagamos os nós dos dedos um do outro, lado a lado sobre a cama retrátil.

Jeremy se senta com as pernas para fora da cama. Transforma-se num monte sem rosto quando se dobra ao meio para buscar as mudas descartadas que são as meias e a camiseta.

— Fica? — deixo escapar.

Isso é uma clara violação do contrato.

— Ah, meu Deus, Trish, eu...

— Não, desculpe; eu não estou pensando com clareza, está tão tarde. Vá... — Eu lhe passo uma das meias, dou um empurrãozinho. — Você precisa de uma boa noite de sono.

Jeremy inclina a cabeça para o lado por um momento confuso; então ele aperta a minha mão e se levanta, mancando em direção à saída do trailer.

— Obrigado — dizemos ao mesmo tempo, e o meu corpo inteiro se aquece.

— Veja se descansa um pouco, garota.

Depois que ouço o carro dele se afastar, volto a acender as luzes.

Sabe, tenho receio de que trabalhar para o Corpo possa estar pervertendo, de forma irreversível, a maneira como avalio as trocas humanas. E *aqui*, quem é o doador e quem é o beneficiário?, pergunto-me ao observar um casal de alunos de ensino médio se beijar no shopping. Serão compatíveis? Será que a transfusão vai ser um sucesso? Quais músicas as corporações estarão bombeando para corpo dela?, pergunto-me no ônibus, vendo como o pescoço longo da motorista enrijece e relaxa ao receber transfusões de ritmo via fones de cor fúcsia.

Dentro do trailer, o "escritório" dos Storch é um galpão trancado sobre rodas, anexo ao veículo principal. É impressionante que os dois inventores dos assentos sanitários ergonômicos possam operar num espaço tão desconfortável.

Com grande facilidade, com a cópia da chave que fiz há dois anos, entro no espaço sagrado de Jim e Rudy. Cheira a Pinho Sol e a chiclete de canela. Ajoelho e parto em busca dos registros dela.

"Harkonnen, Bebê A."

Os Storch guardam cópias impressas de documentos importantes num velho arquivo cinza "cor de armário escolar"; é um sistema de armazenamento jurássico no mundo moderno. ("É claro que está tudo na nuvem também", já ouvi Rudy tranquilizar visitantes, o que é uma frase muito desorientadora e mística, quando tirada de contexto.)

Caçando o nome dela, encontro uma pilha de cartas ende reçadas a Jim. Impulsivamente, leio uma. Leio a pilha inteira. Para mim, são mais assustadoras que o pesadelo do Doador Q. Eu as leio duas vezes, os olhos embaçando e voltando ao normal. Sinto uma pontada engraçada, imaginando Jeremy em casa, na cama. São três da manhã. Para quem será que eu ligo, num momento desses? Pego o telefone para ligar para os Harkonnen, coloco-o de volta no gancho. Observo as fotos de Dori nos panfletos do Corpo do Sono, uma pilha de centenas, e começo a chorar.

JIM

NA MANHÃ SEGUINTE, JIM ME CHAMA PARA SUA SALA. QUANTO é possível envelhecer em um dia? Rugas que eu nunca tinha visto estão agora entalhadas na sua testa, como marcas de um trator arando a terra. Trocamos olhares por cima da mesa, os olhos acinzentados dele fitando os meus com uma estranha calma: é um olhar que me parece pré-histórico, inteiramente despojado de sete anos de respeito e carinho. Eu o encaro de volta. Por um único instante, tenho uma sensação aérea do que talvez aconteça a seguir, como a vista de quando se está no topo da montanha-russa e a descida é iminente. Isto é poder, eu me dou conta. A carreira de Jim está nas minhas mãos.

Ele me surpreende ao ser o primeiro a falar.

— Então, para quem você está planejando contar?

Passei a noite toda ensaiando para este confronto; eu havia suposto que, como acusadora de Jim, eu daria as cartas.

— Quem foi que disse que eu sei?

— Câmeras, Trish. Você acha que não temos câmeras aqui?

Câmeras? O sangue corre para o meu rosto.

— Você viu o que nós... O que eu e Jeremy...

Pavorosamente, Jim sorri.

Durante a madrugada, tirei os lençóis da cama retrátil e a recolhi de volta para a parede; os lençóis grudentos estão embrulhados num saco aos meus pés e serão contrabandeados para fora do trailer depois do pôr do sol. Eu me pergunto quantas das dezenas de doações que aceitei ou ofereci na cama retrátil foram testemunhadas pelos irmãos Storch

— Jim, eu sinto muito — ouço-me desculpar. — Eu não devia ter mexido nas suas coisas...

— Nós confiávamos em você.

— Eu só queria saber o nome da Bebê A...

— Meu Deus, Trish. Eu teria lhe contado. — Jim, que nunca se zanga, está tomado de fúria, o pescoço sarapintado de carmim. — Agora, olhe só o que você foi fazer. Colocou a nossa organização inteira em perigo.

O nome dela é Abigail. Abby Harkonnen. Não sou a única a saber disso. Há comerciantes japoneses que vêm comprando unidades do sono dela por intermédio de Jim, por um valor em dólares que me deixou atordoada. O primeiro contato com esses comerciantes de sono ocorreu meras duas semanas depois da doação inaugural da Bebê A; a maior parte das extrações três e quatro foi vendida para um laboratório de Tóquio. Não fica claro, pelas cartas, quem mais pode estar envolvido ou como Jim conseguiu contrabandear o sono dela para fora do país. Não tenho ideia do que Rudy sabe, se é que sabe de alguma coisa; as cartas foram todas assinadas por Jim. De acordo com um dos contratos que encontrei, supondo-se que eu tenha lido corretamente, Jim ganhou mais de dois milhões de dólares com a venda do sono da Bebê A.

Como ousa... Eu sei que é um anacronismo moral. Uma frase triste e boba, extraída de uma incredulidade de antigamente, de um filme em preto e branco; e, no entanto, durante horas ontem à noite, sozinha na cama retrátil, eram as únicas palavras que me ocorriam.

— Então, agora, temos um problemão, Trish.

— Espere aí. *Eu* é que estou enrascada? Jim. — Minha voz sai como o sussurro de uma criança. — Por que você fez isso?

— A equipe deles me procurou. Vão conseguir clonar o sono dela antes de nós, posso lhe garantir. Estão se empenhando para criar sono injetável artificial neste exato momento.

— Aquele dinheiro todo...

— Voltou para a nossa organização. Nada que possa ser rastreado até nós ou até a bebê Harkonnen. Doações anônimas — diz ele, com toda a calma, e não sei se acredito.

— Mas os Harkonnen — tento outra vez.

Jim? Para onde você foi? O que eu quero, de maneira impossível, é botar a boca no trombone e denunciar Jim *para* Jim; apelar para o meu chefe "de verdade", que certamente ficaria estarrecido em saber o que esse *doppelgänger* monstruoso que roubou o rosto e o nome de Jim Storch fez.

— Não estamos prejudicando ninguém, querida.

Agora ele está falando com aquela voz tranquilizadora que eu amo, a voz do Jim de ontem, como se em resposta ao meu pensamento. Por algum motivo, esse tom familiar faz com que eu me sinta ainda pior. Enjoada, fito minhas mãos, espalmadas sobre a mesa dele.

— Só uma parte das doações dela foi para o exterior. O restante, como você sabe melhor que ninguém, nós distribuímos pelo país.

Estou rangendo os dentes com tanta força que minha mandíbula lateja. *Sono injetável artificial.* Quanto será que ele vai ganhar, eu me pergunto, se a equipe japonesa for bem-sucedida?

Jim tenta outra abordagem.

— Trish, você e a Dori não tiveram uma criação religiosa? Conhece a parábola dos pães e dos peixes? A do grão de mostarda, a dos talentos?

Quando ele vê o meu rosto inexpressivo, dá de ombros.

— Esqueça. Fomos criados como católicos irlandeses. Veja, eu só peguei a dádiva dos Harkonnen e a *multipliquei*. Você pode imaginar o que se tornará possível caso consigam sintetizar o sono da Bebê A? De uma maneira geral, os benefícios para cada ser vivo serão extraordinários.

Eu me dou conta de que a minha cabeça está balançando em sinal negativo, possivelmente desde o início desta conversa.

— Mas eu venho dizendo aos pais que as captações dela vão direto para o Banco Nacional de Sono. Que precisamos de cada gota que conseguimos dela para salvar vidas...

— Certo, então você sabe — vocifera ele, como se tivesse perdido a paciência com uma aluna delinquente. — Para quem pretende contar?

— Jim. Nós temos de...

Agora é a minha vez de fazer uma pausa, assustada comigo mesma. Pelo nó que se forma na minha garganta, descubro que ainda não estou preparada para me separar do "nós", não, ainda não, ou de desapropriar Jim desse pronome. Formamos uma equipe há sete anos. E Jim ama minha irmã, ela, a pessoa desaparecida; não só o que ela faz pela nossa organização. Estou muito certa quanto a isso.

— Você ficou com parte do dinheiro? — pergunto, sem meias palavras.

— Ouça, Trish, não dá para controlarmos cada variável. A cobiça humana... não é necessariamente algo ruim, na minha opinião.

Jim parece chegar a alguma conclusão dentro da própria mente; sem aviso, como o sol surgindo por entre as nuvens, ele sorri com certa melancolia, o olhar atravessando seu nariz comprido para chegar a mim.

— Talvez seja exatamente o que queremos dizer com "um mal necessário". Olhe só para a população à qual servimos. Qualquer um dos insones, a qualquer momento, pode escolher a morte. Alguns escolhem, como você sabe. Os que colocam o nome nas nossas listas de espera querem dormir porque querem viver. Eles cobiçam, cobiçam; cobiçam alívio, cobiçam mais vida.

Jim é um recrutador melhor que Rudy. Observo os olhos acinzentados ficarem falsamente ingênuos por trás dos óculos. Ele para de tentar me intimidar.

— A escolha é sua, claro. — Ele junta a ponta dos dedos longos esticados, o sorriso agora transmite pesarosa contemplação. Eu já não sei dizer o que é genuíno e o que é performance; talvez Jim compartilhe a minha confusão.

— Jim...

— Eu só estou recomendando que você pense nas consequências dos seus atos. A *minha* vida, é claro, vai acabar; sendo franco, um escândalo desses vai me destruir. Mas não vamos falar da minha vida; ela é irrelevante em vista do todo. Em vez disso, Trish, eu sugeriria que você pensasse nos sofredores que integram a nossa lista de espera. A mídia vai cair com tudo em cima da gente. Olhe só o transtorno causado pelo Doador Q, o estrago que *ele* já fez!

Faço que sim com a cabeça.

— As multas vão ser astronômicas. Nossa imagem pública nunca mais vai se recuperar. Sem a boa vontade do público, qual vai ser o nosso combustível? Trish, sei que você é inteligente o bastante para compreender por que foi necessário dar a esses pesquisadores estrangeiros uma oportunidade de chegaram à síntese. Só que a mídia vai me crucificar; ela não dá a mínima para quem prejudica e, ouça, as pessoas vão correr aos bancos de sono como em uma cena da Grande Depressão. Não tenha dúvida de que pessoas irão morrer. Leis podem ser revogadas; doações de bebês poderão se tornar coisa do passado. Nós, certamente, nunca mais vamos extrair uma gota de sono da Bebê A se você me delatar.

— E se você simplesmente... confessar, Jim. Pedir perdão, demissão?

Jim balança a cabeça muito devagar. Traz no rosto a expressão enlouquecedora, ao mesmo tempo carinhosa e severa, de um pai que nega à filha uma maçã envenenada.

— Sei que isso deixaria *você* mais à vontade.

— Por favor, Jim — digo, odiando e odiando mais um pouco a docilidade da minha voz. Não foi assim que imaginei o nosso confronto, nem de longe. — Por favor, você vai se entregar? Não quero que tenha de ser eu.

Ele tira os óculos, esfrega os olhos, os coloca de volta.

— Então você já se convenceu. Já decidiu. Acha que é o certo a fazer, independentemente do custo para os outros.

— Eu não disse isso...

Sinto a minha incerteza retornar como uma névoa azul que se torna mais espessa e paira entre o rosto de Jim e o meu. Impotente, assisto a isso acontecer. Então a minha decisão se abranda, outra vez, e se transforma em especulação: o que vai acontecer com o Corpo e com todas as pessoas da nossa lista de espera se eu trair a confiança de Jim? Ele está certo, não está? Ainda estamos em modo crise devido ao Doador Q; posso imaginar facilmente um boicote nacional aos bancos do sono se a notícia do "sono roubado" de um bebê for conhecida. Posso imaginar coisa até pior.

E ninguém mais está fazendo esse trabalho.

— Não, você está certa e determinada a nos afundar, não está? A paralisar o Corpo com mais um escândalo de merda.

— Jim...

— E então. — Ele se recosta na cadeira. — Quando vai contar a eles?

— A quem?

— Aos Harkonnen.

DOADOR Q

····························

ÚLTIMAS NOTÍCIAS: O PESADELO DO DOADOR Q PARECE TER PRO-vocado um suicídio em massa. Os primeiros relatórios indicam que, entre meia-noite e duas da manhã, onze mulheres se levantaram, vestiram-se e deixaram as suas casas. Sincronizadas como formigas pela pavorosa coincidência de sua doença, por um motivo estranho às suas mentes antes saudáveis, começaram uma migração noturna até o litoral. Essa trama foi levada a elas pelo pesadelo do Doador Q, juram as consternadas famílias das vítimas. Não dirigiam, mas eram dirigidas pela visão dele. Em uma ponte perto de San Rafael, elas se enfileiraram; eram todas mulheres, segundo relatórios da polícia. Em seguida, se colocaram diante do brilho difuso dos faróis dianteiros, os carros ainda ligados em ponto morto às suas costas, e tiraram os chinelos ou desceram dos saltos para subirem, descalças, nas vigas de sustentação, dando passos cautelosos em direção ao mar por cima do parapeito preto na direção das sombras. Há uma gravação delas caindo, capturada por uma inútil câmera de segurança afixada nas pilastras da ponte. De vez em quando, as gaivotas passam diante da lente, guinchando, e é difícil olhar para aqueles pássaros e não pensar nos fantasmas daquelas mulheres infectadas.

BEBÊ A

Os subúrbios da cidade estão verdes e molhados de chuva. Aquelas flores brancas parecem ainda mais abundantes que antes, se é que isso é possível. Talvez sejam, sencientes ou quase, mostrando línguas noturnas para nós de dentro de sarjetas e canteiros de obra resplandecentes. A Van de Sono dobra uma esquina familiar, estaciona. A lua está, realmente, de um brilho difícil de descrever.

Será que importa se somos sinceros no que dizemos, se o mero fato de dizer salvar vidas?

Estou pensando em Jim, em o que fazer a seu respeito.

Esta noite, os olhos azuis da Bebê A abrem de leve no catre; uma enfermeira ajusta o fluxo do potente sedativo e ela entra em sono REM em questão de segundos. É uma queda livre, acelerada pelas nossas medicações; ela desce dos níveis mais altos até o sono profundo. Os nossos monitores confirmam a fase de "onda delta"; é desse corredor vazio, além do alcance de linguagem, imagem ou memória, que Abigail Harkonnen produz o fluxo negro que salva vidas, a cura para a insônia, um sono extraído diretamente de sua última moradia, talvez — de qualquer "estase na escuridão" que preceda até mesmo o útero.

Depois do fim da extração, pedalo direto para casa. Passa um pouco de uma da madrugada. Guardo a bicicleta e estou me dirigindo ao apartamento quando percebo faróis sendo ligados no fim da rua. Um carro se aproxima de mim, cegando-me. Um sedã marrom com portas turquesa.

— Entre — diz o Sr. Harkonnen. — Vamos fazer uma excursão.

O MUNDO NOTURNO

OJE, EM ALGUMAS REGIÕES DOS ESTADOS UNIDOS, OS MUNDOS Noturnos são conhecidos como "ofensas" à paisagem. Ao que parece, nem mesmo insones terminais resistem ao impulso de fazer uma gracinha. Uma placa visível da autoestrada diz: "Todos os de olhos ofendidos são bem-vindos!"

No nosso condado, o Mundo Noturno fica na saída de um terreno reservado para feiras e exposições e hoje convertido num solário da meia-noite. Todo o complexo de barracas e choças é rodeado por uma penumbra azulada. Depois de vinte minutos em silêncio, o Sr. Harkonnen estaciona num campo de grama alta; dá a volta e abre a minha porta. Ele me conduz, segurando o meu braço com força; buscando equilíbrio, agarro o seu punho. Os dedos grossos que me envolvem lembram uma braçadeira de medir pressão. Seguimos dessa forma peculiar em direção à luz, como mariposas esvoaçantes, deixando pender os braços ainda livres. Dezenas de carros aos pedaços e motocicletas foram abandonados aqui, as calotas cromadas tomadas por ervas daninhas como ruínas antigas, coloridas com tom de joias. Alguns são veículos de luxo, como BMWS e Jaguares. Para mim, existe algo de perversamente animador no fato de, esta noite, insones ricos terem se sentido solitários o bastante para desativar seus alarmes e abandonar suas isoladas comunidades de mármore, descendo a montanha em direção a um Mundo Noturno.

Dois meses após o contágio do Doador Q, existem aqueles que precisam de sono e aqueles que o temem. Se existe algum atrito entre essas duas facções terminais — inveja, ressentimento, suspeita —, eu não a sinto. "Celebração" é, definitivamente, a palavra errada para o que presenciamos: um agrupamento de corpos lentos, exaustos, encostados em para-lamas prateados. Mas ouço risos, gargalhadas de verdade, tapinhas nas costas. O som estalado de beijinhos nas bochechas quando insones se cumprimentam. É o que se poderia chamar de uma mistura heterogênea de mortos-vivos (e me lembra, por algum motivo, das reuniões do AA frequentadas pela nossa tia-avó, da luz fraca e esverdeada e dos sorrisos selvagens e magoados de alcoólicos com décadas de sobriedade e bêbados jovens e sardentos reunidos num porão de igreja, em torno de um bule de café). Velhos orexinas, novos eletivos. Será que esses rostos estão acordados há dias, há semanas, há meses? Anos? É surpreendentemente difícil saber. *A insônia faz envelhecer da noite para o dia* — este é um novo chavão, no estilo de comercial de creme hidratante, cunhado pela indústria da beleza para aumentar as vendas dia e noite. Topamos com um grupo de quatro meninas que poderiam passar por irmãs. Que *olhos*. A pele muito esticada. Os cabelos oleosos. Tramas de veias cor de ciano rodeando as têmporas como uma cruel coroa de louros. Dentes gastos até chegarem a um cinza monocromático. Três meninas negras, uma branca como um fantasma. Insones eletivas, infectadas pelo pesadelo do Doador Q, eu imagino, dado o que ouço ao passar:

— Olhe, no caso de você adormecer... você tem de tentar ficar acordada dentro do sonho.

Pessoas são sintomas de sonhos...

Esse era o nosso verso preferido, meu e da minha irmã, na única aula que fizemos juntas na faculdade, antes de os professores dela juntarem forças, por fim, para insistir que ela tirasse uma licença médica. Foi Dori quem a escolheu, é claro, deixando que eu a seguisse no caminho dessa sua estética mais madura. Seu gosto por poesia foi uma herança generosa; ela também me deu a jaqueta de couro verde favorita, a Fender Starcaster e as sobras dos seus produtos de beleza. Herdei todas as cores absurdas e jamais usadas que vêm naqueles trios de sombras; sabe, como o azul escandaloso que a Maybelline enfia, clandestinamente, entre o cinza e o cinza-acastanhado, que, como Dori sempre disse, era igual ao morango que somos forçados a comprar no sorvete napolitano. Sem falar no blush "prostituta de férias" de Dori e no pó compacto que parecia um silicato antiquíssimo tirado de *O planeta dos macacos*. Joguei tudo isso fora depois da morte dela, algo de que me arrependo hoje em dia. Acredito, porém, que as palavras sejam o seu artefato mais duradouro. Mas como era mesmo o resto do nosso poema?

Pessoas são sintomas de sonhos / Bombas são sintomas de fúria...

Dori, com seu rosto ancião, aos 20 anos:

— É mesmo de dar um nó na cabeça. Eu nunca mais vou ser bonita, não é? — E, antes que eu pudesse responder, ela continuou: — Cale a boca, cale a boca, cale a boca. Desculpe. Foi sacanagem minha, perguntar uma coisa dessas. Não minta. Trish? Vamos tirar os espelhos daqui, pode ser...?

O Sr. Harkonnen e eu passamos pelo grupo de adolescentes. Juntamo-nos a um grupo mais velho. Veteranos, eu suponho. UD-istas com seus traços característicos: olhos desolados, faces encovadas, pele perolada. O Mundo Noturno fica a uma caminhada de dez minutos a oeste daqui. Lembro-me desse passeio dos tempos do ensino fundamental; ônibus escolares amarelos estacionavam e deixavam a criançada nestes mesmos campos. O Sr. Harkonnen e eu estamos nos deslocando a uma velocidade duas vezes maior que a dos insones que nos cercam. Fico tentada a cambalear, fingir que estou mancando. Meu gesto é movido por alguma solidariedade fora de lugar? Como forma de proteger esses doentes da minha saúde? De vez em quando, nas Campanhas de Sono, eu me pego adotando, inconscientemente, o sotaque da família de imigrantes que estou recrutando, mutilando minha própria língua, entrando no ritmo da família estrangeira. De qualquer forma, o Sr. Harkonnen não me deixa diminuir o passo. Vai nos conduzindo adiante com rapidez.

A passarela só é iluminada a determinados intervalos. Largas fatias de luz cor de laranja se alternam com faixas de noite pura. Cinquenta metros à nossa frente, sombras adquirem gênero e traços e, então, deslizam outra vez para o anonimato. Subimos na plataforma de madeira e atravessamos um arco-íris de neon rachado que zumbe a pouco menos de quatro metros acima das nossas cabeças. É a antiga entrada da feira municipal. Uma relíquia de tempos mais inocentes, pré-Mundo Noturno, ressuscitada por algum eletricista insone. Hoje, uma galeria sinistra se estende diante de nós: barraquinhas anunciando barbeiros da meia-noite, médicos do sono sem licença, farmacêuticos-bartenders. Barracas verde-escuras com roxo ondulam pelo gramado como dioneias: bordas coloridas vão engolindo as pessoas. Quiosques gritam antídotos para o pensamento, para a luz: "CANÇÕES DE NINAR DA MELHOR QUALIDADE." "ATIÇADORES DE DESLEMBRANÇA." "A MACHADINHA DO DR. BOB CÉREBRO: CORTE A ELETRICIDADE PELA RAIZ." A passarela se estende pelo que parecem ser quilômetros, e sei, devido às minhas explorações adolescentes, que esse terreno acabará por se dissolver num bosque de verdade, numa reserva natural com abetos e pinheiros.

Quando digo ao Sr. Harkonnen que esta é a minha primeira visita a um Mundo Noturno, ele fica inexplicavelmente satisfeito.

Aproximamo-nos de uma das barracas que funcionavam como bar.

O quadro-negro lista o cardápio de especiais da noite:

Medicamentos, mil deles, para induzir o sono.

Medicamentos para *permanecer acordado* — como a luz do sol abrindo caminho pelo cérebro de um insone eletivo

— Vamos entrar aqui — diz o Sr. Harkonnen. — Primeiro as damas.

Descubro que é muito fácil obedecer a ele. Desde que coloquei o cinto no sedã, venho me sentindo indigna de protestar contra qualquer coisa. Assim que a barraca se fecha, coloco-me o mais confortavelmente perto que consigo do lado esquerdo do corpo úmido de suor do Sr. Harkonnen. Que multidão. Perto da entrada, três indivíduos com seus 20 e poucos anos compartilham uma caneca contendo algum medicamento duvidoso. Bolhas cor de tangerina transbordam, efervescentes. Há bolhas como essas em todo copo do recinto, indica o Sr. Harkonnen: azul-marinho, cor-de-rosa-escuro, violeta-pálido. Esses não são os drinques misturados com refrigerante de sempre, mas algum encantamento automático. Filetes de cores ágeis se erguem aos lábios ressecados dos insones, como se, dentro dos copos, os remédios já cumprissem a tarefa de sonhar por eles. Ao longo do bar de madeira, essas pessoas se sentam coladas umas às outras em bancos altos e frágeis. A forma de beberem em uníssono me faz pensar em vikings remando num navio. Erguendo os copos, baixando-os com força. Enfrentando ondas, eu imagino, dentro dos próprios corpos.

AFUNDA-E-NADA é o nome de um dos soporíficos anunciados.

Mas a farmacêutica-bartender continua a despejar líquidos pretos, cor de uva e em tons rosados como a aurora em copos alternados, dando a sensação de que alguma maré está, de fato, mudando. Neste Mundo Noturno, ambos os grupos, vão gerando a própria contracorrente. Eles riem, tragam, engolem e parecem até piscar ao mesmo ritmo

Duvido que eu tenha o direito, sendo dona de um sono saudável, de interpretar a cena dessa maneira, de ficar encantada com a amistosidade improvável do Mundo Noturno. E, no entanto, é isso que faço.

Dentre todas as representações televisivas, a de que me lembro melhor é a deste mesmo local parecendo um campo de refugiados. Dezenas de corpos descarnados se aglomerando ao redor das fogueiras, as chamas vermelhas queimando dentro de latões, os ossos ressaltados ritmicamente com cada movimento sob os cobertores distribuídos gratuitamente pelo dispensário do Mundo Noturno, como imensos felinos caminhando sem rumo.

Ao nosso lado, a cabeça de uma mulher despenca sobre o ombro de um homem, e cachos densos como a lã de um carneiro se atiram pelas mangas azul-marinho dele. É como ver uma nuvem despencando. Acredito que ela seja uma insone eletiva, infectada pelo Doador Q. Os olhos são leitosos e vazios como os de uma ovelha, enormemente dilatados; ela dá um pulo quando boceja.

— Me mantenha acordada — exige, e aquele espantalho de homem se vira no banco de bar para encará-la, enfiando a camisa para dentro do cós da calça; prestativo, ele acaricia a testa suada, a raivosa erupção cutânea que pontilha as faces e o queixo, a cicatriz da espessura de uma cutícula sublinhando o olho esquerdo.

Tenta mantê-la neste mundo com ele, acordada. Acho que é um orexina — alguém cujo único desejo é dormir — e ele próprio não está com a melhor das aparências: olhos que pareciam ovos que a doença cozinhou, a pele de cera branca. Num calendário, aposto que esses dois têm 30 e poucos anos. O tempo todo em que os dedos dele roçam a testa dela, coberta de espinhas, o homem murmura algo ao lóbulo da sua orelha como se o rosto dela fosse uma história que ele lê para mantê-la de pé; as memórias dela em braille. Ele segue adiante, lendo, e, a cada sílaba, o sorriso dela se abre mais. Com polegares enormes, o homem mantém abertas as suas pálpebras. Isso ele faz pela mulher exausta e apavorada com um carinho e uma concentração clínicos — uma espécie de sofredor tentando ajudar a outra. Prendo a respiração. O homem me pega os observando e pisca para mim.

Pergunto se são um casal. O homem sorri.

— Claro. Eu a conheci há cinco minutos, quando me sentei aqui. Está convidada para o casamento.

Beneficiários e doadores. Doadores e beneficiários. Variações da troca desse casal acontecem com farta espontaneidade por todo o bar: gente com doenças iguais, porém opostas, apoiando--se mutuamente.

Essa é a impressão lindamente estável, firme, que tenho da cultura do Mundo Noturno por, talvez, mais dois minutos; então, algo explode perto da minha cabeça. Um remédio azul escorre pela porta do armário como um borrão ártico. O que quer que seja cheira de leve a alho. É, que romântico. Perto da entrada, uma briga eclodiu: dois UD-istas de queixo duplo discutem sobre a conta do bar. Ao que parece, um estimulou o outro a consumir dois mil dólares de algum placebo de quinta categoria. Contestam a conta com gritos roucos.

— Aquela rodada *era sua*, Leonard!

Nas mãos, sacodem guardanapos cobertos de garranchos, contas rivais das dívidas que têm um com o outro: uma conta de bar que parece remeter ao Big Bang.

O Sr. Harkonnen retorna com os nossos drinques. Fugindo da briga, retiramo-nos mais para o fundo da barraca, escolhendo bancos próximos a um armário de carvalho escuro.

— Comprei os mais baratos — avisa ele.

— Certo. Obrigada.

Estrelas Cadentes é o nome do meu coquetel medicinal.

Não pergunto o efeito. Com três goles, as minhas expectativas perdem as cores. Então me vejo encostada no ombro esquerdo do Sr. Harkonnen. Ele não cheira a nada fora do esperado: desodorante genérico, pós-barba Old Spice. Esses odores são como arpões sendo lançados, navegando para fora do Mundo Noturno e atravessando a autoestrada, arrastando continentes inteiros de normalidade para dentro daquela barraca escura: shoppings centers e supermercados, pores do sol não letais, tomates em conserva, cercas vivas bem-cuidadas, limpadores de carpete, areia para gatos, a correspondência indesejada de todo mundo formando pilhas em cima da mesa, gansos atravessando o continente para seguir o ciclo de migrações... e logo eu tenho de fechar os olhos para lutar contra uma poderosa tonteira conforme muitos tempos e estações colidem dentro do meu peito. Tomo outro longo gole do coquetel. Dessa vez o efeito é imediato. Emano calor até a minha pele parecer a ponto de explodir, até o meu esqueleto estar, ao mesmo tempo, me mantendo ereta sobre o banco de bar e se dissolvendo, dentro de mim, em vértebras derretidas; um milhão de lembranças são despejadas do meu cérebro, sobem pela minha coluna e descem em um fluxo, o meu corpo pequeno demais para contê-las, encolhendo-se mesmo enquanto a luz vertiginosa se expande em todas as direções, e não há forma de me proteger desse assalto, desse ataque de sons e de luzes; não há lugar onde eu possa descarregá-los, todos os ecos agregados: a voz de Dori, a do nosso pai, mil outros sussurros...

Pisco duas vezes, esfrego os olhos: é incrível, mas a barraca do Mundo Noturno continua aqui. Verifico o meu relógio, aliviada por conseguir ler os números: três minutos se passaram desde que nos sentamos. Ao meu lado, o Sr. Harkonnen come pistaches verdes de dentro de um cinzeiro. Sorri para mim. Seu rosto parece plácido, da maneira ilegível e exótica que as barrigas das arraias parecem plácidas deslizando por paredes de vidro.

— Foi um drinque intenso — digo, franzindo a testa ao olhar para o colo.

— Ainda é.

— A intenção era nos acordar?

— Pode apostar.

Esfrego as orelhas; estão formigando.

— Você está... humm... sentindo alguma coisa?

— Na verdade, estou tomando um coquetel medicinal puro.

— Ah, então...

— É só gim.

O Sr. Harkonnen se encosta na lateral do armário de remédios. Os braços estão atirados, perfeitamente, por trás da cabeça. Pisco, olhando para os nossos sapatos, a cabeça ainda rodando.

— Achei que devíamos ter uma conversa em particular — declara. — Longe de casa.

Olho para ele por trás do meu copo. Algum sonhador perturbado arranhou *Gritos dos que têm pulmões de corvo* no balcão com uma tinta verde reluzente. O zumbido das luminárias noturnas da barraca me dá a sensação de estarmos todos bebendo dentro de um gigantesco mata-insetos elétrico.

— As coisas ficaram tensas lá em casa — acrescenta ele.

— Você tem brigado com a Justine?

— Temos brigado, sim.

— Sobre a Bebê A?

— Não, sobre reciclagem. O que você acha?

Ele vira a bebida e sinaliza para que eu faça o mesmo.

— Éramos um casal feliz, uma família feliz; consegue imaginar? Há seis meses, esta era a nossa condição: felizes. Então você apareceu...

— Vocês podem parar.

— Ah, mas ela não quer mais saber disso. "Se divorcie de mim, então" diz. "Me processe. Nós vamos cooperar com eles, *é o certo a se fazer...*"

— É uma doação. — Engulo em seco. — Ninguém pode forçar vocês a fazer isso.

— É o que ela pensa... rá!

O Sr. Harkonnen terminou o coquetel sem medicamentos. Ele sacode o copo vazio com raiva. Tenta lamber as últimas gotículas. A volta que a língua faz pela borda do copo, digna de um sapo, parece estar muitos saltos evolucionários atrás da inteligência dolorida dos olhos escuros do Sr. Harkonnen.

— Ela acha que, algum dia, *vocês vão parar de pedir.*

— Mas nós vamos! Quando os neurocientistas descobrirem uma forma de sintetizar o que ela produz naturalmente...

— Rá!

Pelo tempo que dura a sua crise de riso, o Sr. Harkonnen olha para o bar com uma expressão de horror frente a uma gafe social; é a consternação de olhos arregalados de um homem que tenta, discretamente, desengasgar um osso da garganta e cuspi-lo num guardanapo de tecido. Por fim, ele recupera o controle da voz.

— E quantos anos a minha filha vai ter a essa altura? Dez? Vinte?

Ela vai estar morta. Esse pensamento não surge por querer. Ele abre caminho dentro e através de mim como parte de uma tempestade dos meus maiores medos. Para sufocá-lo, imagino a Bebê A aos 20 anos, rindo: uma caloura universitária de olhos perspicazes.

— Vai ter bem menos que 10, eu aposto. Os cientistas estão trabalhando sem parar...

O Sr. Harkonnen estala os dedos, chamando a bartender.

— Gostaríamos de experimentar um dos seus especiais.

— É claro. O que você prefere: Estado de Vigilância ou Sono Profundo?

— Sono para nós, desta vez...

A farmacêutica-bartender pisca para o Sr. Harkonnen. Com dentes minúsculos e perfeitos como os de uma raposa, ela rasga um envelope branco.

Imagino que o serviço seja democrático num Mundo Noturno. Ninguém aqui pré-seleciona ou distribui questionários de qualificação. Alisando as franjas magenta da peruca, ela só quer mesmo o nosso dinheiro. Oitenta e quatro dólares por dois drinques. Um pó roxo parece flutuar dentro do copo escuro, coagulando em minúsculos países.

— Você vai cair duro de sono — digo para o Sr. Harkonnen. Ele sorri para um canto escuro da barraca.

— Mas você também vai. Saúde.

Meu corpo fica rijo, esperando uma segunda onda de luz. No entanto, três goles depois, sinto-me como um osso sobre a areia, quebradiça e sólida ao mesmo tempo, muito quieta. Há alguma proteção prestes a se repelir. É assustador de início, mas logo a ausência se transforma em alívio. O peso da consciência, da história e da cautela — o coquetel os leva todos embora. Há estilhaços reluzindo na areia dentro de mim, e sinto que não tenho o menor desejo de apanhá-los, de cavar, de investigar. Estou estranhamente em paz com o bar esturricado, com a evaporação do mar da razão, com as sugestões de pensamento, com a desconexão de tudo isso.

— Este aqui é bom — comenta o Sr. Harkonnen. — Tem meio que gosto de limão. Sentiu?

Aquele primeiro impacto do soporífico não dura muito. Um segundo depois, estou sóbria; as ondas retornam e volto a ser eu mesma, pensando os meus próprios pensamentos, mesmo que num perigoso estado de relaxamento.

De alguma maneira, tenho a impressão de que estamos falando da Bebê A.

— Eu gerencio a Associação Cristã de Moços. Futebol, beisebol. Tem um campeonato diferente para cada menino. Eu queria um menino, até ela chegar.

O Sr. Harkonnen sorri para o bar, juntando os punhos cerrados; é um gesto engraçado e eu me pergunto se ele está guardando algo para si ou escondendo algo de si.

— Então me esqueci de que um dia quis algo de diferente.

Até quem chegar?

— Abigail! — deixo escapar.

O Sr. Harkonnen ergue uma das sobrancelhas.

— A Bebê A — eu me corrijo, baixando o olhar.

— Você tem privilégios, é? É a queridinha do professor? O que mais você sabe a nosso respeito?

— Eu jamais cometeria a traição de contar o nome verdadeiro dela para ninguém, senhor.

— Agora voltamos ao "senhor".

Ele toma um longo gole da bebida.

— Vá em frente, pode chamá-la de Abby. Transforme-a num bebê.

Seu sorriso enrijece até que seus lábios parecem ter ficado rachados por uma ventania.

— Bebê A... Isso sempre me soou como um maldito isotônico...

Estou com medo e acho que ele também. A luz das luminárias se reflete nos olhos do Sr. Harkonnen, minúsculos cata-ventos girando dentro de suas pupilas. Retribuindo o olhar fixo com o qual ele me brinda, eu me dou conta, tonta, de que a nossa noite pode seguir num número infinito de direções.

— O que foi que o seu chefe me disse? O alto... Qual é o nome dele, mesmo?

— Jim. Ou Rudy. São gêmeos. "Alto" não limita as opções.

— Ele disse que você tem os melhores históricos de recrutamento.

Sinto meu humor despencar.

— Graças à minha irmã. À história dela.

— Então é esse o jogo, é? Você aluga a sua irmã.

— Não quero falar sobre ela aqui.

Mas os olhos dele fulguram; está dominado por aquela ideia.

— Claro, agora eu entendi. Você aluga a dor dela. Dori Edgewater. Bem, funcionou, não foi? — Ele sorri para mim com lábios frouxos e pálidos como os de um peixe. — Ela é famosa. Todo mundo conhece a sua irmã. Da mesma forma que todo mundo conhece a minha filha.

Dois homens corcundas brigam num canto, brandindo bancos de bar acima da cabeça, as pernas das cadeiras viradas para fora como chifres espinhentos lembrando enormes besouros em posição de ataque. Seguranças do Mundo Noturno, com seus uniformes agourentos, chegam para apartar a briga. São eletivos com excesso de estimulantes no organismo, relata a bartender. A briga ocorre perto da entrada, no canto. Na parte em que estamos, no bar, ninguém nem pisca.

Fico esperando que o Sr. Harkonnen me acuse:

Você faz a mesma coisa que ele fez com esses daí, acrescentará ele. *Você é igualzinha ao Doador Q.*

Ou o que mais pode dizer, com relação a Dori?

Ela está morta. Está morta. O que vai fazer você entender isso? Vai querer que eu desenhe? A sua irmã está morta. Tudo o que você fez, fez por você mesma e por mais ninguém.

Mas o enfoque do Sr. Harkonnen parece ter se voltado para si mesmo, para os próprios fracassos.

— Justine é boa demais para o seu próprio bem. Não tem como se defender. E Abby? Coitada, tenho certeza de que vai seguir os passos da mãe. Isso é, se chegar a terminar a pré-escola. Você acha que eu consigo protegê-las de si mesmas, das pessoas em que se transformaram? A minha mulher é uma pessoa muito melhor que eu. Foi por isso que me casei com ela.

Abro a boca com a intenção de concordar com ele, de elogiar as virtudes da Sra. Harkonnen.

Então tenho a sensação de ter meu próprio *insight* sobre o dilema do Sr. Harkonnen. Talvez, quando se casou com ela, acabou tendo de lidar com mais bondade do que pretendia. É uma enchente que ele não consegue represar ou desaguar ou controlar. Infelizmente para Felix Harkonnen, nós do Corpo também descobrimos as mesmas correntes de bondade que o atraíram à mulher.

— É melhor eu calar a boca — diz, depois de um tempo. — Bebi demais.

Mas um minuto depois ele agarra o meu braço.

— Me diga uma coisa — começa Felix, cujo primeiro nome ainda não falei em voz alta. — E se a sua irmã, a Dori, estivesse viva hoje e fosse a doadora universal? O que você faria, hein? Quanto deixaria extraírem dela?

— Se fosse eu, senhor, garanto que deixaria...

— Mas digamos que não é você. Digamos que é a Dori.

Eu não respondo.

À nossa esquerda há uma explosão de aplausos discretos; as pessoas sussurram que uma orexina adormeceu, realmente pegou no sono. Dois homens a erguem e a transportam pelo bar enfumaçado. É uma cena realmente impressionante: a multidão cai num silêncio que pulsa com uma esperança enérgica, e pessoas se movem em torno dos pés pendurados da mulher com a reverência digna de uma nova santa. Observar uma única mulher conseguir adormecer transformou o astral da barraca por completo. O ar, agora, está denso de credulidade coletiva, da decisão do grupo de fazer com que um fantasma se torne real com um simples piscar de olhos. Seus pés parecem acenar para nós conforme é carregada para fora da barraca, o corpo completamente flácido. Um cético poderia supor que a mulher foi plantada ali; que a proeza da sua recuperação, se é a isso que estamos assistindo, deve ser muito boa para os negócios. Os medicamentos fluem como milagres pelo bar, todo mundo paga rodadas para todo mundo. Ninguém conversa. Do outro lado da entrada, os grilos cantam; dá para ouvi-los no silêncio. Um dos quiosques vendia um espécime especial de grilo, com asas cor de esmeralda, como um "dispositivo de ninar orgânico". A mulher sentada ao meu lado tem um guardado num vidro rubro sobre o bar; as perninhas vermelhas se remexem, inquietas.

Percebo que metade do meu drinque já se foi. O Sr. Harkonnen entra e sai de foco sobre o banco de bar. Meus músculos estão derretendo. Minúsculos nós vão se desatando por todo o meu corpo. O que, de alguma forma, eu continuo sem dizer é:

Jim Storch vendeu o sono da sua filha.

O que será que Felix Harkonnen faria se soubesse disso?

Sinto um frio na barriga só de imaginar a conversa. Como apresentaria uma coisa dessas? Direi que não tinha a menor ideia de que o meu chefe havia agenciado essa venda a pesquisadores japoneses. Enfatizarei a minha ignorância. Direi, também, que Jim Storch parece genuinamente acreditar que a transferência ilegal do sono de Abigail foi, ao mesmo tempo, justificada e necessária. Descubro que sinto uma vontade desesperada de defender Jim para o Sr. Harkonnen, explicar que meu chefe acreditou estar agindo pelo interesse coletivo, independente de isso ser ou não verdade. Quero resgatar as afirmações grandiosas e belas feitas por Jim para o Sr. Harkonnen. Ele chamou a transação de o único progresso possível.

E se tiver razão?

Fecho os olhos com força. Tento imaginá-la: a decisão de Jim tomando forma. As unidades de sono da Bebê A atravessando o Pacífico até chegarem às mãos certas, às mãos capazes dos tais pesquisadores de Tóquio.

Se o estratagema fracassar, os Harkonnen jamais precisarão saber. Se funcionar e, de fato, chegarem à síntese e fabricarem o sono artificial, uma torneira de inconsciência, um inesgotável poço de sonhos, com o "sono para todos" como meta atingida, meu Deus — aí, sim, teremos um desfecho saído dos quadrinhos ou do Novo Testamento: os Harkonnen sacrificam o sono da sua bebê, Jim Storch assume um risco audacioso, eu fico de boca calada, os japoneses tornam o sono dela disponível aos litros, todos os insones terminais são salvos etc. etc., numa cadeia esplêndida da mais bela bondade e sorte. E por que não? Por que não poderia acontecer exatamente isso? Religiões já germinaram a partir de histórias como essa. Filmes estrelados por Denzel Washington são feitos com muito menos.

— Vá com calma. Você está com soluços.

O Sr. Harkonnen ergue o braço e bate nas minhas costas. Com os cabelos castanhos penteados para trás, com o almiscarado caseiro que mistura talco de bebê e Old Spice e as mãos planas com unhas sujas, ele emite certa doçura mamífera, ali, naquela toca de neon que é o bar. Essa ternura automática deve ter origem nos cuidados com Abby. Sempre que o Sr. Harkonnen coloca a bebê para arrotar, fica parecendo um meigo e enorme castor. O gesto dele ocorre em sintonia perfeita com os meus pensamentos secretos, de forma a me fazer querer lhe contar tudo; então, nem mesmo um segundo depois, sinto medo de perder todo mundo. Não só Rudy e Jim e a minha vida no trailer mas também os Harkonnen.

Olho fixamente para o Sr. Harkonnen. Sinto um gosto terroso subindo até a boca que eu só quero engolir. É mais fácil acreditar nos cálculos de Jim, nas suas previsões. Por que não? Ele sabe dessas coisas. Fez fortuna como homem de negócios.

Mas é inútil fingir que ainda posso confiar nele. Vou contar tudo para o Sr. Harkonnen a qualquer momento agora. Por mais medo que eu sinta, não vejo como posso evitar. Dori está agindo em mim e sobre mim, dissolvendo a cápsula que contém o segredo. *Preciso contar uma coisa muito desagradável, Sr. Harkonnen...*

Será que ele vai guardar segredo? E se eu explicar que o escândalo que se seguirá poderá minar todo o Corpo do Sono? Que, na verdade, poderá matar gente, segundo a avaliação de

Jim? Não imagino que ele reagirá à notícia com silêncio ou perdão.

O Sr. Harkonnen me olha com uma expressão estranhamente avuncular; me dá um pistache verde e come um, também.

— Pronto — diz, como se estivesse tudo resolvido. — Vamos dar uma volta. Eu gostaria de lhe mostrar os campos de papoulas. São realmente impressionantes. Ficam lá longe, bem além das barracas. Sabe, desde a nossa excursão à Ala Sete, venho aqui noite sim, noite não. Justine acha que tenho trabalhado até tarde. E não está errada.

O sorriso dele me causa ainda mais confusão, expondo um dente preto no fundo da boca.

— Eu estou.

— Por quê? — Então uma reposta surpreendente me ocorre. — Está doente também?

— Não, não é isso. Depois daquela noite na Ala Sete, eu só queria ver essas pessoas com os próprios olhos. Sozinho, sabe. Sem a minha mulher. Sem acompanhante.

Eu dou uma risadinha nervosa, apavorada.

— Tem sido um aprendizado e tanto.

— Para mim também, Sr. Hark...

— Ótimo. Este é só o começo. A noite é uma criança.

Algo se comprime no ar que nos separa e eu vou me afastando do bar e dos copos vazios e das cascas de pistache e dos rostos que não dormem. Tenho de ficar de pé para não cair do banco. Seguro a beirada do balcão, piscando com força quando olho para dentro das luminárias. Felix estuda os meus olhos. Mudo de plano, observando-o me observar, ou quem sabe seja mais preciso dizer que o plano se muda, inverte-se espontaneamente: quem ganha se o pai souber da venda?

Ninguém, diz Jim.

Em voz alta, peço as desculpas mais fáceis de pedir.

— Sobre a Ala Sete? Eu sinto mui...

— Não! — exclama ele. Quando a bartender nos olha, ele ri. — Estamos só nos divertindo, minha senhora. Não precisa se preocupar.

Por baixo da peruca, os olhos castanho-amarelados nos olham com inteligência de mais e julgamento de menos. Todo o Mundo Noturno parece cintilar com uma neutralidade parecida. Olhares entorpecidos como espadas embainhadas. Então nos vemos de volta na passarela, juntando-nos aos outros no seu caminhar lento, de bar em bar, sob as estrelas.

OS CAMPOS DE PAPOULAS

OS CAMPOS DE PAPOULAS VÊM SENDO AMPLAMENTE NOTICIA-dos: trata-se de uma variedade especial de papoula que libera um "hipnótico aromático", às vezes chamado de "manta olfativa". As papoulas são uma tendência, se é que esse termo pode ser aplicado a curas miraculosas fadadas ao fracasso. Por todo o país, jardineiros do Mundo Noturno podam as papoulas, que reluzem vivamente sob o luar. As lanternas que levam em capacetes revelam uma variedade de rostos desvairados, insones cujos olhos injetados conseguem ser ainda mais vermelhos que as flores. Deitam-se, em fileiras paralelas, sobre colchonetes e sacas de grãos, inspirando o aroma liberado.

Chegamos ao fim da passarela, descemos para o gramado.

A distância, o bosque nos isola da cidade. Pinheiros se estendem ao horizonte, quase negros a essa hora, com a aparência padrão e pontuda de estacas de cerca. Uma placa de madeira com uma seta indica: CINQUENTA METROS ATÉ OS CAMPOS DE PAPOULAS.

Às nossas costas, o terreno de feiras e exposições tremula a distância como alguma espécie de recife marítimo de alucinações: as barracas do Mundo Noturno ondulando tranquilamente como anêmonas, as vendas dos camelôs como coral vermelho, os raios verde-elétricos sustentando uma Roda dos Sonhos. A essa distância, até os gritos dos insones submetidos aos Atiçadores de Deslembrança contribuem para a ilusão; seus brados distantes transformam-se pela repetição num implacável fundo sonoro, como ondas quebrando sobre rochas.

Então nos vemos até a metade das panturrilhas em hectares e mais hectares de flores. São chamados de "Os Campos de Placebo" por nós na Van — mas, meu Deus, como é difícil se apegar ao cinismo quando se está frente a frente com a coisa em si. Sob a lua, as papoulas reluzem como joias no leito do mar. Abrimos caminho por entre centenas delas, brotos escarlate martelando nossas canelas, e acho quase assustador dobrar os caules para trás, roçar as pétalas com os dedos. Isto não é nenhuma miragem. Mas é um choque encontrar este mar na beirinha da nossa cidade e me descobrir navegando-o na companhia do Sr. Harkonnen. Quem sabe se a fragrância das papoulas é uma cura legítima para a insônia? Percebo que não sinto o cheiro de nada. Mas meus pensamentos se encolhem em sussurros, e em pouco tempo tenho a sensação de já estar dormindo.

Sinto uma leve dor no calcanhar.

— Eu acho que pisei em alguma coisa...

— Eu continuaria a caminhar — avisa o Sr. Harkonnen, engolindo, a voz um zumbido espesso nos meus ouvidos — se fosse você.

— Você daria uma olhada para mim, verificaria...

— Está tudo bem, Trish.

E isto é um verdadeiro presente: o som do meu nome. Ligadas a esse caule, lembranças abrem as asas e recordo quem fui antes do coquetel de sono roxo, antes do estacionamento do

Mundo Noturno, antes da minha batida à porta que transformou a filha do Sr. Harkonnen na Bebê A, antes da crise do sono e, até mesmo, antes do último dia de Dori.

Muito grata, caminho ao ritmo dele.

Lembre-se disso, instruo a mim mesma.

O Sr. Harkonnen me conduz na direção de uma pequena cabana no meio do campo. Parece um barco ancorado neste estranho Atlântico. Funcionários do Mundo Noturno caminham cautelosamente ao redor dela, pegando cobertores e conversando com grupos de insones.

— Vocês conhecem a Lenda das Papoulas? — pergunta-nos uma jovem atendente com simpatia mecânica, arrumando o rabo de cavalo preto em torno da clavícula. É a camareira, eu me dou conta, que recolhe o dinheiro cobrado pelos colchonetes e pelos inaladores azuis, direcionando corpos para os seus estrados em meio às flores vermelhas.

— Eu conheço — responde o Sr. Harkonnen. — Você já me contou. Mas conte a ela.

Com a alegria forçada de qualquer garçonete, ela sorri, exultante, para ele e para mim.

— Segundo a lenda grega, a papoula foi um presente de Hipnos, deus do sono, para ajudar Deméter a sonhar outra vez. Ela estava exausta de tanto procurar a filha perdida, que Hades havia levado embora para ser sua noiva no submundo. Deméter então ficou tão cansada que já não conseguia fazer a colheita crescer. Mas as papoulas lançaram um encantamento. Ela dormiu e, quando acordou, o milho crescia, verde e alto outra vez.

O Sr. Harkonnen busca a carteira e lhe dá um dólar de gorjeta.

— É isso aí. Obrigado. Deve ter sido uma noite difícil para a mamãe. O diabo levou a filha dela.

A atendente é uma menina asiática, alta, da idade dos nossos estagiários do Corpo do Sono. Usa um longo jaleco branco e um vestido da mesma cor para "manter o astral e aumentar a visibilidade na escuridão", diz. Por trás dela, o vento começa a soprar mais forte. Percorre os campos como um arado. Cada rajada cobra o pior tipo de devoção das flores sussurrantes, arrastando-as na terra, arremessando as pétalas vermelhas de um lado para o outro. O vento parece querer que saibamos que ele poderia fazer o mesmo conosco a qualquer instante, e as mil papoulas assentem em concordância.

Subitamente sou tomada pela sonolência.

O Sr. Harkonnen, ao meu lado, deixa escapar um bocejo trêmulo.

Mulheres perambulam pelos campos de papoulas, vestindo camisolas brancas, carregando recipientes de água ou algum outro líquido transparente. Com vozes calmas e monótonas vão parando os peregrinos vacilantes, fazendo-lhes perguntas.

— Deseja um gole do chá de papoula suplementar, querido?

— Gostaria de lençóis e um travesseiro? Podemos colocá-lo para dormir no lote sete ou, por quarenta e cinco dólares, dar um upgrade para o doze, bem debaixo da lua...

É engraçado: quem teria imaginado, antes da Crise da Insônia, pagar uma quantia dessas para dormir num colchonete de borracha no chão? Mas só de ouvir as vozes tranquilizadores recitarem esse cardápio de encantamentos caros já sinto o desejo implantado dentro de mim. Vontades surgem na minha mente como moedas atiradas num poço.

Acho que o grande talento do nosso país é gerar desejos que jamais ocorreriam de forma espontânea num corpo como o meu, tornando-os tão dolorosamente reais que o dinheiro se transforma em ficção, um meio imaginário para algum fim concreto. *Quarenta e cinco dólares pelo lote da lua? Pode colocar no cartão. Que pechincha.*

— Não — diz o Sr. Harkonnen. — Quer saber? Não, obrigado, moça.

Ele agarra o meu braço e nos afastamos às pressas. Papoulas vermelhas sibilam à nossa passagem; se a mágica delas funciona, devemos ser resistentes. Nenhum dos dois cai duro de sono. Temos de atravessar esses setores com cuidado, pois os vultos amontoados sobre o gramado são pessoas.

Talvez dez minutos para além dos Campos de Papoulas, quando as flores "encantadas" passam a rarear, transformando-se em ervas daninhas desgrenhadas e despovoadas, o Sr. Harkonnen faz uma pausa para esfregar os olhos em uma das mangas da camisa.

— Tem gente demais aqui hoje. — Seu corpo golpeia o céu em uma forma marcial de dar de ombros. — Nenhuma privacidade. Mesmo se a gente pagasse uma fortuna, acho que teríamos algum curioso lá, deitado a uma fileira de nós.

Mas já não temos esse problema. Estamos nos deslocando em paralelo com o bosque. Há um milhão de estrelas visíveis, quilômetros de escuridão. Parece que somos as únicas duas pessoas.

Por que me trouxe aqui?, não pergunto a ele.

Abby, a Bebê A, é uma heroína, não digo para tranquilizá-lo. Em vez disso, falo:

— Sr. Harkonnen... Felix, você acredita que os insones eletivos tenham escolha?

Ele grunhe, escolhendo o caminho que vamos tomar pelo gramado sem iluminação.

— Sim. Alguns procuram o hospital atrás de ajuda e outros vêm para cá para morrer.

— Acha que eu dei uma escolha a vocês?

— Quem você pensa que é, menina? Nós escolhemos. Estamos escolhendo. Só que vocês, seus babacas, viciaram o jogo. Agora, se você não tivesse aparecido na nossa porta, para início de conversa... mas vamos caminhar.

Vagamos pelas sombras, muito além da placa que diz "Todos os de olhos ofendidos são bem-vindos!", atravessamos a grama não aparada que roça nos meus tornozelos nus; a mão do Sr. Harkonnen desce até a base da minha coluna e eu tomo o seu braço. Estamos cambaleando. Tudo isso se desenrola com uma opressiva inevitabilidade, com uma lógica que simula os estranhos desenrolares harmônicos dos sonhos, e, pela primeira vez em muito tempo, eu me sinto completamente relaxada. Ele vai me guiando aos empurrões para muito além do terreno, até eu lhe mostrar que não vou mais tropeçar; então, diminui a força com a qual vem me segurando. Ainda assim, não solta o meu braço. Onde quer que estejamos agora, não notamos a linha divisória que separa as margens descuidadas do terreno do parque da área de preservação. Juntos, vadeamos rios de taboa até o ritmo febril do Mundo Noturno ser completamente apagado pela distância, pelo silêncio. O único som é o grito ocasional de algum falcão noturno, rasgando a profunda quietude do céu como a listra de um gambá desenhada na pelagem negra. Temos de escalar várias toras enormes, o Sr. Harkonnen grunhindo e escorregando, oferecendo-me a mão. Na escuridão, essas árvores caídas ficam tão assustadoramente fora de lugar quanto os corpos que "dormem" nos Campos de Papoulas. Formam um mapa tombado de como a mata deve ter sido antes de alguma tempestade. Num determinado momento, ergo o olhar e vejo um V se abrindo por cima dos pinheiros, dezenas de asas pulsando muito acima das nossas cabeças; deve ser um bando muito peculiar, pois nenhuma das silhuetas é parecida entre si.

As envergaduras das asas também são irregulares — algumas mais curtas, outras mais longas. Olhando para cima, embasbacada, vejo-as se multiplicarem. Que tipo de bando será esse, com que objetivo tantos pássaros diferentes estão se juntando? Está escuro demais para até mesmo arriscar adivinhar os seus nomes. Uma luz prateada parece escorrer de suas asas, embora eu saiba que isso só pode ser uma ilusão causada pelas estrelas entre eles. A luz se liquefaz, fluindo conforme os vultos negros atravessam as Plêiades. Seguem como uma flecha por cima das árvores, com tal rapidez que, antes que eu consiga apontar seus corpos, — que lembram lâminas e tesouras para o Sr. Harkonnen, já se foram todos.

Por fim, quando começo a cambalear, ameaçando cair, ele para.

— Aqui.

— Aqui está bom. Claro.

— Agora, deite-se.

Acima, dois falcões voam em círculos. Faz anos desde que estive tão próxima do perfume verde de qualquer bosque.

— Fique quieta. Não... Jesus, pare com isso. — Ele revira os olhos. — Você é idiota? Não foi por isso que eu a trouxe aqui.

Compreendi mal. Supus que ele precisasse de uma transfusão de alguma coisa direta, algo do mesmo nível daquilo que eu havia feito com Jeremy. Volto a abotoar a blusa.

O Sr. Harkonnen se deita na grama ao meu lado, grunhindo. Então ele ajeita a minha cabeça sobre o peito e forma um torno com o bíceps. Deixo escapar um som de surpresa, só uma vez, e um borrão marrom-alaranjado sai rápido como um raio de dentro do matagal e roça na minha bochecha, encostada na terra. É o camundongo mais rápido do mundo, penso, então me dou conta de que meus olhos estão vertendo lágrimas.

— Aqui... — repete ele, tentando passar um dos braços por baixo do meu ombro.

Meu cabelo é libertado do rabo de cavalo e se espalha, solto, por cima da camisa dele. O Sr. Harkonnen se remexe, movendo-me junto, até que o lóbulo da minha orelha está pressionado ao osso da sua clavícula, de onde ouço as batidas do seu coração.

— Durma! — ordena ele.

— Está bem. Está bem. — Inspiro, trêmula. — Por quê?

— Porque eu mandei — responde ele, viscoso e triunfante. Pela voz pastosa, percebo que o medicamento também o está roubando de sua consciência. — Durma pelo tempo que eu mandar, entendeu?

— Pode deixar, Sr. Harkonnen.

Esse é um consentimento fácil de dar. Nada me preocupa no momento.

— Ótimo. — Ele se vira de frente para mim, ficamos nos encarando sob a lua, branca como um travesseiro. — Boa noite.

O amanhecer seguinte com o pai da Bebê A é um dos mais estranhos da minha vida. O fato de uma pessoa que me odiou abertamente durante meses conseguir, agora, se relacionar comigo com uma solicitude tão natural me desconcerta como uma flor se abrindo no deserto. Quaisquer águas que alimentaram o surgimento desse afeto são invisíveis para mim. Devem ser um engano dos mais profundos. Uma ternura pela Bebê A, talvez, ou pela mulher, Justine, que ele direcionou a mim. Acordo diante de um céu cinzento, o sol ainda não nasceu, e o Sr. Harkonnen me oferece um gole d'água do seu cantil. Com a beirada da camisa, úmida de orvalho, ele limpa a terra do meu rosto.

Aceito essa gentileza da melhor forma possível.

É estranho ver o Sr. Harkonnen à luz do dia. Voltamos a ser as nossas versões sóbrias, graças a Deus. Dori, a lembrança dela, está presa como uma pressão interna nas minhas costelas. O que quer que tenha se desemaranhado ontem à noite parece ter sido cautelosamente recolhido esta manhã. Suspiro, sentindo-me mais e mais segura à medida que o sol lentamente se ergue.

— Dormiu bem? — sussurra ele.

— Muito bem. Obrigada. E você?

— Eu dormi bem — grunhe ele, subitamente encabulado. — Aquele negócio de limão foi de matar, o que quer que tenha sido. Eu me sinto descansado.

— Você sonhou?

— Se eu sonhei, não me lembro.

— Nem eu.

O Sr. Harkonnen faz que sim com a cabeça, como se essa fosse a ponte pela qual vinha esperando.

Ele me diz que tem uma proposta para mim relacionada a sonhos.

— Quero que você me faça uma promessa — começa. — Vamos elaborar um contrato, aqui mesmo. Se vai continuar a extrair sono da minha filha, quero que jure que vai doar exatamente o mesmo tanto que ela, toda vez. Uma doação correspondente. Durante o tempo que ela doar, você também doa. Não vai voltar a descansar até eu dizer que pode.

O sol se livra dos pinheiros distantes com um tremor.

— É claro — ouço-me dizer.

Fechamos negócio com um aperto de mão.

Ele assente duas vezes, ruborizado. Parece satisfeito. Com a mão livre, tiro uma folha de grama de seu queixo mal-barbeado.

Descubro que os termos do nosso contrato me provocam uma espécie de euforia.

Ficamos de pé sobre a terra nua. Rimos um pouco para drenar esse pus que é o nosso embaraço. Sinto uma felicidade muito estranha. Músculos tensos do meu braço se contraem em espasmos, e um sabor alcalino que eu não sei identificar cobre a minha garganta. O Sr. Harkonnen engole em seco. Ainda não soltou a minha mão.

Então peço que o que quer que esteja fluindo entre nós permaneça sem nome, sem forma, sem ser transformado em história ou "vivido" num tempo verbal passado e, dessa forma, concluído; não quero verbalizá-lo, não quero nem mesmo tentar compreendê-lo e, assim, começar a confundi-lo com alguma outra coisa e com alguma outra coisa depois disso, tornando pálidas as sombras do sentimento original, algo incrivelmente delicado que não sobreviveria à passagem para a linguagem falada.

Sombras giram no rosto de Felix. É como se ele tivesse sido pego, de repente, num outono extradimensional. De onde vêm essas folhas em queda? Nuvens correm por cima do campo. Aqui embaixo, nossas mãos continuam unidas, apertadas. Eu sinto alívio, alívio. Não me sinto escrava do contrato. Não tenho a sensação de que o Sr. Harkonnen tenha me enganado ou intimidado para aceitá-lo. Cada vez que baixo a vista para olhar o nosso aperto de mão, sinto a mesma vertigem, um deslocamento muito mais estranho que a mera expectativa, como se eu estivesse sendo catapultada para a frente, no tempo, enviada de foguete até a minha morte, talvez, ou para algum horizonte absoluto onde vislumbro a própria vida tomando corpo e sou arrebatada por tudo aquilo que virá a acontecer comigo daqui por diante, por tudo o que não tenho como saber, que ainda não fiz, não disse, não pensei, farei ou deixarei de fazer. Isso tudo acontece só de concordar com o contrato. Independentemente do que acontecer a seguir, agora tenho uma constante, não é? Graças a Felix, meus sonhos estarão ligados aos da filha dele. A matemática simples do nosso acordo é como uma escada que ele estende para mim.

— Não vou desapontá-lo — digo ao Sr. Harkonnen. — Não vou parar no meio do caminho.

Ele me dá um sorriso tenso, uma expressão que reconheço do meu próprio espelho, como o contentamento forçado de um recrutador; o argumento de venda foi lançado, o contrato foi assinado e está a caminho.

— Muito bem. É melhor eu nos levar para casa.

Acima, o sol nasceu por completo. Um bando de aves sobrevoa os pinheiros, e essa espécie eu reconheço: são estorninhos. Uma centena de pássaros comuns, de um cinza quase negro, visitantes frequentes do quintal da nossa infância. Vão cortando o azul saliente do céu de maio, esses vãos celestes de ar entre o branco das nuvens, rumo ao leste, cada pássaro uniformemente iluminado pela esfera solar. Caminhamos por baixo deles, fazendo o caminho inverso da noite anterior. Por fim, o Sr. Harkonnen solta a minha mão, mas o mundo pelo qual voltamos parece bom e firme.

O Sr. Harkonnen me deixa a uma quadra do Escritório Móvel; temo que os meus colegas reconheçam o sedã marrom e turquesa e fiquem com a impressão errada. É verdade que passamos a noite juntos, mas essa verdade é tão enganosa que seria pior que uma mentira. São sete e dois da manhã. Mas percebo que, por mais cedo que tenha chegado, não sou a primeira a bater o ponto.

JIM

— **O**ı — DIZ JIM.
  — Oi — respondo.

DOADOR Q

∙∙

NA TERÇA-FEIRA SEGUINTE AO MEU ESTRANHO AMANHECER COM o Sr. Harkonnen, um alerta chama todos os funcionários para o trailer. Estarrecidos, reunimo-nos ao redor do computador de Rudy. A matriz faz um pronunciamento ao vivo do escritório de Washington, e ficamos sabendo da existência de orexinas e insones eletivos na China pouco antes do restante do país.

Últimas notícias: dezenas de pacientes que sofrem do trans torno buscaram tratamento no hospital Sanya, na província chinesa de Hainan. Esse marco médico nos deixa em choque silencioso no Escritório Móvel. De maneira ingênua, agora nos damos conta, acreditamos que o transtorno estivesse restrito ao nosso hemisfério, que fosse peculiar aos adormecidos americanos. Mas eis aqui a prova de que ninguém está em quarentena geográfica — de que qualquer um, em qualquer lugar, pode se tornar um orexina.

E a coisa piora.

Os exames de quatorze insones chineses da província de Hainan deram positivo para o pesadelo do Doador Q. Essas pessoas receberam transfusões de sono de uma fonte desconhecida. O Corpo ignorava a existência de clínicas chinesas que vendiam transfusões de sono REM. Relatórios iniciais sugerem que os quatorze homens e mulheres chineses infectados com o príon do Doador Q agora apresentam uma "extrema aversão ao sono" parecida com a que já foi vista nos insones eletivos americanos.

Atualmente, os nossos médicos sabem tão pouco sobre como o pesadelo está se espalhando que só conseguem descrever os sintomas e dar palpites sobre as causas. Mas fica claro que as minhas garantias para doadores e voluntários estavam erradas. O pesadelo está livre e salta de corpo para corpo. O contágio está fora de controle.

Jim me chama para sua sala.

— Você está me evitando, Trish?

— Ha-ha. Isso seria uma façanha digna de um ninja, não é, Jim? Evitar você dentro deste trailer.

— Nós mal nos falamos.

Coloco a mão no pescoço, como se para sugerir que estou resfriada. Ao mesmo tempo, tenho a sensação de que é um gesto acusatório; Jim tem de saber, é claro, que o segredo dele é a obstrução em questão.

— Me pergunto com quem você tem conversado ultimamente.

Mas nesse momento a porta se abre; Rudy entra.

Pelo vidro da janela estreita do trailer vejo os nossos rostos escurecerem como pães no forno.

— Humm — diz ele, calmo. — Estou interrompendo alguma coisa?

— Estou conversando com a Trish. Conforme discutimos.

— Ah. Certo. Não achamos que seja uma boa ideia você passar tanto tempo com a família da Bebê A.

— É pouco profissional...

— Ou profissional *demais*. Não precisam tanto de você, Edgewater.

— Os seus talentos são necessários agora em outro lugar.

— Com a insônia aparecendo em todos os continentes...

— Com a infecção do pesadelo se espalhando...

— Globalmente, vamos ter novas iniciativas, novas responsabilidades...

Sinto felicidade como um enjoo que não consigo evitar. Eu me sinto entrar completamente no automático. Um sorriso invade o meu rosto, e, de alguma forma, faço que sim com a cabeça para os irmãos, anotando tudo. Por um segundo, é como nos velhos tempos; eu, sob a vista dos dois. Não só por mim, mas pelo planeta como um todo; ouvi-los discursar apaixonadamente sobre o mundo em perigo sempre me deu a mais improvável sensação de segurança, fez com que eu me sentisse acolhida no coração de uma família que só faz crescer rapidamente. Então recordo a noite, há três semanas, quando me vi entre Justine e Felix Harkonnen, olhando pelo vidro para a Ala Sete.

— Eu me sinto responsável por eles — digo, olhando de Jim para Rudy. — Pelos Harkonnen.

— É bom superar o sentimento — vocifera Rudy. — Você não é.

BEBÊ A

•••••••••••••••••••••••••••••••

B EBÊ, BEBÊ. AGORA NÓS ESTAMOS ENRASCADAS, NÃO É?
— Shhh, shhh — murmuro, ninando-a pela Van.

A sensação é de que estamos orbitando o mesmo buraco negro. O sono dela não vai parar de inundar o seu corpo, criando sombras em seu sangue. O fantasma da minha irmã se regenera como uma lembrança mirrada — a cena final do hospital se duplicando e se dobrando em si mesma em uma repetição infinita. Até aqui, tenho me dedicado muito fazer as doações correspondentes. Agora, em muitas noites, a Bebê A e eu somos submetidas à sedação juntas. Ontem à noite, por exemplo, a enfermeira Carmen extraiu cinco horas de Abby na Van, e doei a mesma quantidade no banco.

Agora a Sra. Harkonnen não deixa ninguém além de mim tocar em Abigail antes de o procedimento começar. Graças a Deus a preparação não é grande coisa — é só acalentá-la, fazer aquele "sacode, sacode, shh-shh" básico, a canção de ninar com um passo e uma balançadinha que Dori e eu aperfeiçoamos quando fazíamos bicos como babás no ensino fundamental. As enfermeiras esterilizam o capacete, centrifugam o losango sem cor que é a máscara. Enganchamos os pequenos foles que são os pulmões dela aos foles maiores que são nossa necessidade.

O Sr. e a Sra. Harkonnen realmente confiam em mim agora. De alguma forma, passei nas seleções particulares dos dois. Acham que sou sincera.

Mais um influxo de fé descabida que preciso suportar, constrangida, e assimilar pelo bem maior, diz Rudy, que presta muita atenção e que já notou como as minhas faces ficam coradas quando estou perto de Jim.

Num conto de fadas, eu puxaria a Sra. Harkonnen para um canto e sugeriria algum esquema para livrar a filha dela das nossas mãos enluvadas, alguma metamorfose ponderada: nós a contrabandearíamos para fora daqui disfarçada de filhote de urso, de rosa vermelha, de águia. Encontraríamos um par de tesouras mágicas para libertar a sua filha, eu prometeria. Iríamos livrar vocês dessa bagunça que é o restante de nós.

Em vez disso, mostro o nosso mais recente vídeo promocional. É genuinamente inspirador: testemunhos de sobreviventes que receberam a transfusão do sono da Bebê A. Dá para perceber, pelas águas tranquilas de cada voz, que uma onda se formou e arrebentou dentro de cada um; que agora estão a salvo numa praia distante.

— O pesadelo acabou.

— O pesadelo acabou.

— Foi um milagre: dormi a noite toda e acordei.

Assistimos juntos, os três, na sala dos Harkonnen, música de violino saindo dos alto-falantes. Dentro da Van, a heroína do vídeo, a Bebê A, ronca pacificamente por debaixo da minúscula máscara verde, reabastecendo nossos tanques de sono pretos.

A enfermeira Carmen bate à porta uma vez e enfia a cabeça pelo vão.

— Acabou! Ela fez um ótimo trabalho.

Desligamos a televisão.

A criança volta para a mãe. Agora está acordada e mama, faminta, os pezinhos com meias brancas se agitando no ar. Um dia, em breve, ela vai acordar e perceber o que fizemos, o que tiramos dela.

— Nos vemos na quarta que vem.

— Nos vemos, então — ecoam os Harkonnen adultos.

— Nós nunca vamos extrair demais da sua filha — ouço-me prometer, reagindo a alguma sombra fugaz que cruza o rosto dos dois.

Faço essa promessa num momento em que as pessoas estão mergulhando seus canudos dentro de qualquer centímetro disponível de xisto e de água, de cada poço de petróleo bruto, de urânio e de minerais com um apetite indiscriminado e sem fim. O ar fresco, a visão das árvores — direitos e prazeres que parecemos empenhados em extinguir. Que belos animais acabamos nos tornando! Nunca, na história da nossa espécie, respeitamos os limites da natureza, anunciam os especuladores do Juízo Final, lambendo os beiços até parecer que algum açúcar compensatório inunda as suas bocas cada vez que pronunciam as palavras "morte generalizada". Segundo as suas estimativas, a nossa espécie se extinguirá em uma geração, tendo exaurido cada depósito de água e de combustível do planeta. Mas essa bebê é pequena o bastante, e a nossa necessidade é grande o suficiente, para que as enfermeiras consigam ser primorosamente precisas, nunca extraindo de seu aquífero de carne e osso mais do que ela consegue produzir. Tiramos, no máximo, seis horas. Racionamos a nossa ganância.

A Van de Sono, essa cápsula branca, se prepara para deixar a nave-mãe que é a residência dos Harkonnen.

— A quanto tempo estamos da... da síntese? — quer saber a Sra. Harkonnen.

— Ah, nossa. Esse é o sonho, não é?

Agora nós três nos damos, mutuamente, essas transfusões de fé.

Mais tarde, sozinha no trailer, continuo a fazer ligações para sensibilizar os doadores com o zelo narcotizado de todos os outros recrutadores que trabalham no turno da noite.

— Graças ao seu generoso apoio, dezoito insones dormirão a noite toda e abrirão os olhos ao amanhecer. Trinta por cento dos nossos pacientes se recuperam por completo...

Não dá para discutir com esses dados, dá? Pretendo fazer essa pergunta para Abigail, um dia.

É claro que nós nunca lhe demos escolha, mas qualquer um não teria concordado em transferir aqueles sonhos para nós se soubesse agora o que não tinha como saber na época? Esse tipo de cálculo subjuntivo ninguém ensina na escola. O sono artificial, por exemplo, o "sono para todos" — quem sabe se o atingiremos um dia? Continuo a ligar para desconhecidos, implorando-lhes por seu excesso de inconsciência. Na próxima quarta-feira, a Bebê A e eu vamos doar. E, enquanto isso, esperemos que em algum lugar, do outro lado do mundo ou da galáxia, exista uma equipe de pesquisadores trabalhando em uma fonte mais confiável.

DORI

Desde o amanhecer na companhia do Sr. Harkonnen, não consigo fazer a minha apresentação da mesma forma. Não tenho a menor ideia do motivo. Só sei que, nas Campanhas de Sono, uso minha própria voz para falar do Corpo e não conto mais a história da morte de Dori. Não revivo o seu fim nem tenho espasmos. Quando a minha voz treme, é porque estou nervosa — não tenho muita prática em contar esse tipo de história. Falo, sim, da minha irmã, de quem ela era antes da crise, apesar de ter descoberto que fazê-lo me deixa tímida. Livre da morte, o fantasma de Dori assume novas formas, e me vejo lembrando mais e mais coisas a seu respeito. Nessa nova apresentação, eu a descrevo como era quando adolescente e até mesmo antes. Menciono os muitos insones da idade da minha irmã, ou ainda mais novos, que foram curados com transfusões e que podem voltar a sonhar por conta própria graças ao Corpo do Sono. Com frequência, começo com a Bebê A. Imaginem, digo, como ela vai se sentir quando crescer e souber quantas vidas salvou.

Se doadores em potencial me dizem que não podem se dar ao luxo de ceder o próprio sono, eu nunca forço a barra.

O resultado da nova abordagem? Segundo todas as métricas de medição que usamos — doadores recrutados, sono doado, insones curados —, minha nova apresentação é um completo fracasso. Em algumas Campanhas eu só consigo recrutar cinco. Houve uma vez, numa quinta-feira chuvosa, do lado de fora de um shopping, em que não recrutei ninguém. Os meus "zeros" foram de fato zero, algo que nunca antes havia acontecido comigo. Despenquei de tal maneira que nem mesmo consto no ranking nacional como recrutadora. No nosso fuso horário, sou a terceira de seis. Mas quer saber de uma coisa? Algumas pessoas doam, sim. Acabo saindo de uma Campanha de Sono com um terço a menos de recrutados do que esperava para um grupo daquele tamanho, mas, dentro daqueles nos quais deixo a história de Dori, ela é uma elipse viva. Não é um pesadelo que implantei nelas, um meio para alcançar um fim — disso tenho quase certeza.

Se eu parar de contar a história de Dori, às vezes me pergunto, para onde ela irá?

Jim está completamente abatido. Anda de um lado para o outro do nosso trailer com os olhos marejados. Trata-se daquele desespero à la Jim que passa uma sensação, ao mesmo tempo, de completa falsidade, como as músicas piegas tocadas com instrumentos de sopro em uma novela mexicana, e de sinceridade, além de seu controle. Rudy Storch está furioso comigo, ácido e afrontado; pior, às vezes o pego me encarando com um olhar brutalmente traído, como se, de alguma forma, eu fosse uma armadilha de urso que se agarrou à sua pata.

— Porra, Edgewater. Você já viu os seus zeros? Como consegue dormir à noite eu não sei. Já chega desse experimento, isso tem de parar.

Ele range os dentes; hoje em dia, ele não toca em mim nem grita comigo. Não faz brincadeiras.

— Por favor. Por favor. Eu compreendo que você está mais à vontade. Mas o que está fazendo é irresponsável. É... É... — explode Rudy, os olhos anuviados de exaustão. — É...

Ele não termina e não importa. Dori se calou; ela não coopera mais. Agora eu já não posso voltar à minha velha abordagem.

DISQUE-DENÚNCIA

NAS TRÊS PRIMEIRAS TENTATIVAS, EU DESLIGO.
Na quarta, ouço uma gravação de uma mulher me agradecendo por ligar para o Programa de Delação do Corpo do Sono. Essa voz impassível me instrui a deixar o recado mais detalhado que puder sobre a corrupção institucional que testemunhei ou na qual participei, incluindo fraude, desperdício, abuso, violações de política, discriminação, conduta ilegal, antiética, perigosa ou qualquer outro tipo de má conduta por parte da organização, dos seus funcionários ou dos voluntários.

Deixo cair o telefone como se tivesse sido escaldado.

De forma a honrar o meu acordo com o Sr. Harkonnen, vou de ônibus fazer a minha doação na nossa Estação de Doação de Sono regional. Este mês, estou certa de que serei rejeitada na seleção — tenho sonhado sem parar com a Bebê A, com aquele sugar tremulante que ela faz com a boquinha minúscula. Em um pesadelo, ela mamou no peito da minha irmã que, na morte, tinha o rosto de uma santa, pálido, triste e estranhamente iluminado de baixo para cima, um dos olhos verdes já decompostos.

Será que há prova mais feia da profunda poluição da minha mente?

Tenho medo desses sonhos que não consigo evitar e nem mudar.

Tenho medo de que até mesmo o meu desejo de fazer o bem saia do meu controle e se torne algo maligno.

Há relatos de orexinas em Uganda, Taiwan, Inglaterra. O sono infectado foi passado via transfusão no Chile. No Escritório Móvel, Jim volta a me chamar de "querida", acho que por ter se passado um mês e eu ainda não ter contado a ninguém sobre o sono exportado da Bebê A. Às vezes acho que consigo sentir o segredo exercendo uma gravidade sutil dentro do meu corpo, como uma segunda pulsação doentia. Fico preocupada com a possibilidade de que esteja deturpando os meus sonhos de forma que as máquinas não conseguirão detectar a tempo, subvertendo até mesmo as minha intenções conscientes.

No guichê, eu pigarreio.

— Acho que talvez o meu sono esteja inútil este mês, senhorita. Acho que tem algo de errado com ele.

— Sente-se. Deixe que nós julguemos — responde ela numa voz gélida.

E me pergunto: quantos doadores sentados à minha volta esperam em segredo um resultado parecido? Sermos expostos como violados, corrompidos — termos as nossas impurezas descobertas, colocadas debaixo do microscópio de algum pesquisador, de forma que nos tornemos isentos de voltar a doar? "Autoexclusão" — aquele sombrio eufemismo usado por Jim também parece se aplicar neste caso. Que alívio, eu penso, nunca mais ter de se preocupar com a possibilidade de que, talvez, seja você quem anda envenenando a oferta de sono da nação. Será que mais alguém tem esta fantasia? Passo os olhos pelo lobby, onde seis de nós aguardamos para saber se nossos sonhos são saudáveis. Uma senhora robusta, com um suéter da Minnie Mouse, rabisca freneticamente um papel na prancheta; chega para o lado para me perguntar:

— Meu anjo, como se escreve "piranha"?

Levo algum tempo para passar o meu pesadelo para o formulário. Então tenho de esperar ainda mais até percorrerem o banco de dados. Ao fim do corredor, em cabines creme do tamanho de uma mesa de estudo individual de biblioteca, doadores em potencial estão repassando os pesadelos com integrantes da equipe. Ouço fragmentos:

— ... um rosto que fica se contraindo, igual ao de um coelhinho...

— ... e o barbeiro tinha cabelos verde-limão...

— Muito bem! — exclama uma administradora para o doador, alegria na voz. — Você está prontinho, Donald!

Chegou a hora, penso. Você está prestes a ser proibida de doar. Eu, me ponho a esperar por isso avidamente. É de uma esperteza tão grande como, a forma os medos e as esperanças e os sonhos e os pesadelos vão se amontoando um por cima do outro. Quanto mais tempo passo naquela cadeira dura, mais quero que me mandem embora. Recordo, com afeto, ausências justificadas e atestados médicos, permissões para horas de solidão. Catapora: treze horas e as cortinas de gaze verde estão fechadas, o alívio de não ver ninguém, de não fazer nada, de coçar as minhas feridas em segredo, de rasgar a minha pele de monstro, a sós. *Me dispensem, me dispensem.* Por motivo de segurança pública, pelo bem geral, digam que posso ir para casa agora e dormir só para mim mesma.

— Não — diz a médica de plantão —, não há nada aqui que a desqualifique.

Ela dá um sorriso largo e paciente como se para sugerir que lida com hipocondríacos como eu de hora em hora, gente que acredita que seus próprios pesadelos são vis, piores que os de qualquer outra pessoa — gente que cai na armadilha do engrandecimento duvidoso dos amores e dores do corpo. Fico incrédula:

— Tem certeza? Não quer consultar o banco de dados mais uma vez?

Meu sono não é puro, segundo ela; mas é bom o suficiente, e a necessidade é grande.

— Você ainda está qualificada para doar, Sra. Edgewater.

Então eu doo.

O verão esverdeia as árvores do número 3.300 da Cedar Ridge Parkway, e eu continuo a doar. Para cada hora que a Bebê A doa, eu doo uma correspondente. Mas, todos os dias, tenho a sensação nauseante de que não há nada que eu possa fazer que não seja uma traição a Dori ou ao corpo de alguém: morto ou respirando, consciente ou adormecido, mas muito amado.

DOADOR Q

ÚLTIMAS NOTÍCIAS: AS AUTORIDADES DESCOBRIRAM A IDENTIDADE do doador Q. Ele voou para São Francisco vindo de Oahu e foi detido por um agente da alfândega. Sua foto está espalhada por todos os cantos. No passaporte, o Doador Q parece tão comum: cabelos cortados bem rentes ao couro cabeludo, queixo quadrado, olhos castanhos. Todas as simetrias óbvias. Cicatrizes de acne se espalham, curvas, pelas bochechas, discretas como música apenas superficialmente audível. É o tipo de rosto que pode ser esquecido em um piscar de olhos, facilmente assimilado dentro de qualquer multidão. Pela expressão branda, jamais poderia se supor que aquela pessoa gestaria e serviria de hospedeiro para o pesadelo mais viral e letal da história. Seu nome ainda não foi divulgado.

Segundo relatórios preliminares, esse homem afirma que não tinha a menor ideia de estar infectado com um pesadelo à época da doação. Ele se declara inocente das acusações de ter sabotado a reserva de sono do país de propósito. Concorda em passar pelo detector de mentiras e insiste que ele próprio nunca teve o pesadelo. Ao que parece, dorme tranquilamente há meses. Assim, é possível que o Doador Q acabe por ser aquilo que eu mais temia: uma alma caridosa. Mais uma cápsula humana, ignorante, como todos nós, do conteúdo da própria mente.

BEBÊ A

·····································

— **P**OR FAVOR, ME AJUDE — DIGO, QUANDO ELA ABRE A PORTA. — Felix está?

— Trish! — articula ela, com a boca. Gesticula, o que significa que a bebê está dormindo. — Ai, Deus, o que aconteceu? Não se preocupe.

Ela me abraça na varanda, e retribuo durante um período que pareceria pouco natural com qualquer um exceto por Justine Harkonnen. Tento gravar, preservar nos meus ossos, na minha memória muscular, essa exata sensação. Acredito que exista uma chance real de que, daqui a trinta minutos, eu esteja de volta ao gramado. Expulsa da vida dos Harkonnen para sempre, ou mesmo, já me ocorreu, no banco traseiro de uma viatura — afinal, não roubamos o sono da filha deles por dinheiro? Felix deve estar em casa: o carro marrom e turquesa torra sob o sol. Animais sem dono serpenteiam por entre os pneus como sombras materializadas. Existe um universo no qual eu nunca conto aos Harkonnen o que sei sobre Jim. Ou sobre como tentei usar a minha irmã morta, como se fosse uma pinça, para tirar deles algo maleável e vivo. Repouso a cabeça no ombro de Justine; instintivamente, sua mão sobe e me dá um tapinha nas costas.

Um motorista de passagem talvez pense que estamos dançando sem sair do lugar. Pelo vão da porta, vejo o Sr. Harkonnen embalando a Bebê A, dormindo só para si mesma esta tarde. Consigo ver apenas a cabeça dentro do sling, deixando Abigail parecida com a face enrugada da lua. Dentro de mim, lá no fundo, sinto Dori se agitar, seus olhos mortos se abrindo para espiar através dos meus. Em vida, a sinceridade dela era quase um defeito, como dizem. Está morta, acredito quase plenamente, mas todos rezamos, não é mesmo? Para nós mesmos, ou então para algum Olho oculto providente nas nuvens.

No vão da porta, a Sra. Harkonnen sorri e reluz com aquela inocência que nós, do Corpo do Sono, amamos e abominamos. Com aqueles olhos, amplos como os céus e totalmente azuis, e uma fé que precede o conhecimento, a Sra. Harkonnen me conduz para dentro de casa. Ela diz, com um sussurro, de forma a não acordar a filha:

— Entre, Trish. O que quer que tenha acontecido, iremos até a raiz do problema. Tenho certeza de que vamos conseguir resolver.

DISQUE-DENÚNCIA

A BOA NOTÍCIA, OU TALVEZ SEJA MAIS JUSTO DIZER QUE É UM MISTO DE boa e ruim, é que não estou prestes a fazer essa transfusão de informação pela primeira vez.

Ontem à noite liguei para o disque-denúncia. Na verdade, liguei umas cem vezes. Eu não conseguia falar, não conseguia falar, perdi a conta de quantas vezes interrompi a ligação e, então, na septuagésima ou na milésima vez, enfim me ouvi começar.

Só depois de ouvir o clique do fone no gancho eu acordei para o que havia feito.

Acho que, no fim das contas, vou tirar aquela licença.

Eu me encolhi, gelada, com a sensação de ter tido a própria essência arrancada, da mesma maneira que costumava me sentir depois de uma Campanha de Sono. Fiquei sentada, olhando para o telefone cinza que levitava, colado à parede, mas nenhum ser humano do Corpo me ligou de volta; pergunto-me quem ouve esses recados.

Todos aqueles sinais de linha que ingeri devem ter saído do meu corpo aos rugidos. Para conseguir contar tudo direito, com todas as nuances, tive de ligar de volta várias vezes, continuando a narrativa de onde havia parado. Quando terminei, uma lua branca de superfície arranhada despontava no céu. Ao fim da minha transmissão, eu me ouvi, insanamente, agradecer à máquina por gravar tanta coisa, e tremi de alívio, pensando que estava enfim livre daquilo, que os eventos agora se desenrolariam depressa, mas que, pelo menos, eu havia sido sincera, ou o mais sincera que podia, a começar pela minha primeira conversa com os Harkonnen. Encostei a cabeça na parede, escutando o zumbido do silêncio. Eu me exauri especulando se teria colocado em curso o resultado certo ou o errado. Não é uma surpresa que eu não tenha conseguido dormir ontem à noite. Fiquei me perguntando no que daria aquela ligação, se é que daria em algo; se algum sonho ou pesadelo estaria tomando forma no nosso futuro, avolumando-se como uma tempestade, tornando-se real. Mas, também pensei, com aquela velha felicidade astuta: *Independentemente do que o amanhã traga, você pode estar certa de pelo menos uma coisa, Edgewater: esta noite você deu a história da Dori a um desconhecido.*

Este livro foi composto na tipologia Minion Pro,
em corpo 12/17,1, e impresso em papel off-white,
no Sistema Cameron da Divisão Gráfica
da Distribuidora Record.